LA FILLE DU DRAGON ROUGE

2e SÉRIE GRAND IN-8°.

A TRAVERS L'EMPIRE ANNAMITE

LA FILLE

DU

DRAGON ROUGE

PAR

E. PARÈS.

LIMOGES

EUGÈNE ARDANT ET Cie, ÉDITEURS.

LA FILLE

DU DRAGON ROUGE

I. — Où l'auteur met en scène les principaux personnages de son histoire.

Ce soir là, Touang-yé-ou avait de bonne heure fermé la porte de sa case, petite habitation aux murailles de bambous, soigneusement recouvertes d'une épaisse couche d'argile, au toit de tuiles rougeâtres, dont les ailes se relevaient à la mode chinoise, surmonté d'un énorme dragon doré, qui, tournant continuellement sur une tringle de fer, remplissait tant bien que mal l'office de girouette.

L'intérieur, divisé en plusieurs chambres, était simplement, mais élégamment décoré. On voyait que la présence d'une femme animait d'un reflet gracieux et poétique la modeste demeure. Les meubles en bois laqué de rouge ou de noir, veiné de filets dorés étaient, nous l'avons dit, d'une simplicité extrême; mais de riches nattes s'étalaient sur le sol, des étoffes précieuses brochées des plus vives couleurs pendaient aux portes, couvraient les tables, les divans; aux murailles s'accrochaient des petites étagères chargées de magots, d'animaux fantastiques en ivoire, en ébène, en cuivre repoussé, et de porcelaines si fines, si délicates qu'un rayon de soleil les traversait d'outre en outre.

N'oublions pas, dans le coin le plus apparent, l'autel des *dieux lares*, que la superstition plutôt que la piété entourait constamment de lumières et de parfums.

Pour résumer en un mot l'impression produite, il y avait dans cet intérieur le mélange disparate d'un luxe et d'une pauvreté qui semblaient se contredire. Le maître voulait-il cacher son dénûment sous un faux semblant de prospérité? voulait-il au contraire dissimuler ses richesses sous une pauvreté apparente? On pouvait s'arrêter aux deux hypothèses.

Au moment où nous y pénétrons, deux personnes se trouvaient dans la première pièce : Touang-yé-ou, homme âgé déjà, mais à l'apparence robuste, une enfant de dix-huit ans à peine, sa fille sans doute.

L'homme était un Annamite pur sang; on le reconnaissait à sa taille dépassant à peine la moyenne, à ses membres grêles et pourtant musculeux, à sa face jaunâtre où brillaient des yeux petits et bridés au-dessus de pommettes proéminentes et osseuses, où s'ouvrait une large bouche aux lèvres d'un rouge sanglant, aux dents noircies par l'usage immodéré de la chique d'arec et de bétel. Son costume était une houppelande d'un bleu foncé, large et flottante, un caleçon de cotonnade tombant sur des bottes de feutre à la semelle haute de plusieurs centimètres. Un turban de soie noire entourait ses cheveux relevés en chignon; près de lui était jeté un chapeau fait de fibres de bambous et affectant la forme d'un énorme champignon.

En somme la physionomie de cet homme inspirait plus d'aversion que de confiance; sa figure, fausse, inquiète, avait quelque chose de sombre et de sinistre qui repoussait d'abord et épouvantait ensuite; il *marquait mal*, comme disent les soldats.

Le visage de la fillette, au contraire, éclairé en plein par la lumière d'une lampe suspendue au plafond, formait un contraste saisissant avec cette face de bête fauve. Nous l'avons dit, elle avait dix-huit ans à peine; ses traits fins et délicats étaient bronzés par le soleil de la basse Cochinchine, mais n'avaient pas cette couleur terreuse particulière aux Annamites, et, sous les tissus veloutés, on voyait courir un sang chaud, vermeil, bien différent de celui qui coule dans les veines des peuples abâtardis de l'extrême-orient

D'ailleurs, tout en elle trahissait une race étrangère. Quelle était sa famille? quelle était sa patrie? personne n'eût pu le dire. Un jour, Touang-yé-ou, qui, possesseur d'une jonque, faisait le cabotage le long des côtes, était arrivé portant dans ses bras une petite fille âgée de trois ans environ.

On ne lui connaissait pas de femme, et pourtant, à ses amis, à ses voisins, aux curieux, il dit :

— C'est ma fille !...

Mâ, c'était le nom qu'il avait donné à l'enfant, fut donc regardée partout comme sa fille véritable.

Sa profession l'éloignant de Saïgon pendant des mois entiers, il ne pouvait s'occuper de l'éducation de Mâ qui resta confiée aux soins d'une vieille matrone qu'il avait placée auprès d'elle. Bien des années s'écoulèrent, et Mâ choyée, dorlotée comme la fille d'un prince, devint rapidement une belle jeune fille.

A dix-huit ans, c'était déjà une charmante créature, et bien des regards s'arrêtaient sur elle quand, légère et insouciante comme l'oiseau, elle traversait la place d'armes, s'arrêtait sur les quais, ou visitait la Sainte-Enfance, car, quoique son père appartînt à la religion bouddhique, elle était chrétienne et baptisée.

La curiosité, un instant assoupie, se réveilla alors, et bien des hommes, bien des femmes, en voyant les longs cheveux blonds de la jeune fille, ses traits plutôt brunis que jaunes, les lignes harmonieuses de son corps, hochaient la tête en murmurant :

— Celle-ci n'est pas de notre race !

Mais on n'osait interroger Touang-yé-ou, homme sombre et violent, aux habitudes étranges. Bien que simple caboteur en apparence, son navire faisait parfois des voyages de plusieurs mois, et, quand il rentrait au port, c'était chargé de plus de caisses et de paquets mystérieux que de sacs de thé ou de riz. Tour à tour parcimonieux ou généreux, sa prodigalité comme son avarice n'avait pas de borne; on l'avait vu refuser un *sapèke* à un mendiant et semer l'or à pleines mains; et, pourtant, ses voyages n'étaient pas tous heureux, car il revenait rarement sans une avarie à son navire, ou une blessure à sa personne.

Mais la police indigène avait autre chose à faire que d'inquiéter un si brave homme, un homme qui payait sans sourciller les plus fortes taxes, qui avait toujours un sac ou deux de piastres au service des mandarins nécessiteux. La police française avait autre chose à faire : Touang, d'ailleurs n'avait jamais donné prise sur lui.

Et puis on se disait tout bas que mieux valait être son ami que son ennemi. Tel qui l'avait attaqué s'était vu subitement disgrâcié, tel autre, pour la même cause, avait eu ses navires pillés par les pirates; le feu avait détruit l'habitation d'un autre encore, etc...

Touang-yé-ou était mieux protégé par ses vices qu'un autre par ses vertus

* * *

Cependant l'Annamite s'était levé. Les bras croisés sur la

poitrine, il arpentait fiévreusement la petite salle, prêtant à chaque minute l'oreille aux bruits du dehors.

Mais Saïgon dormait. C'était à peine si dans les tavernes brillaient quelques clartés fumeuses, à peine si aux portes des misérables constructions une lanterne rouge flamboyait, annonçant une fumerie d'opium, une maison de jeu, un bouge plus infâme encore...

Quelques éclats de voix se faisaient pourtant entendre par moment; l'oreille percevait aussi les pas peu réguliers des policiers indigènes qui, semblables aux hommes de guet des temps passés, se hâtaient de disparaître à la moindre apparence de rixe ou de tumulte.

La ville était abandonnée aux matelots de toutes les nationalités, aux voleurs, à ces gens sans profession avouable que les ténèbres seules font sortir de leurs bouges immondes.

Touang-yé-ou se rapprocha brusquement de la jeune fille qui dormait étendue sur le divan, ses petits pieds cachés sous les plis de sa longue robe de soie, une main perdue dans les ondes fauves de sa chevelure dénouée, l'autre pendant à son côté et soutenant encore un éventail de plume de paon.

Un éclair de tendresse ineffable éclaira alors le front sévère de l'Annamite.

— Mâ, mon enfant! murmura-t-il. Oh! étrange chose que la destinée! Je te haïssais, mon esprit désirait ta mort, ma main essaya de te la donner, et, aujourd'hui, je t'aime, oh! oui; plus saintement, plus ardemment que jamais père n'aima son enfant... Tu m'as ensorcelé, fille d'un autre climat, fille d'une race à laquelle j'ai voué haine et malédiction!... C'est que tu es mon orgueil, ma joie ici-bas... A toi je pense dans les longues heures de mon existence périlleuse, à toi je pense quand je pars, à toi je pense quand je reviens... toujours! Ton sourire calme mes plus grandes douleurs, un mot de ta bouche me transporte, je suis fier de toi...

« Et je pourrais te perdre? Non, mille fois non! Allons donc, qui essayera de sonder le passé, de ressusciter des faits qui dorment dans l'oubli depuis seize ans?... Seize ans déjà!... seize ans de bonheur pour moi, de pleurs et de regrets pour d'autres peut-être...

» Mais que m'importe le passé? que me fait l'avenir?... le présent est à moi, et... j'en jouis!... »

En même temps, il se baissa, et, craintivement, déposa un long baiser sur le front de la jeune fille.

Mâ se réveilla aussitôt.

— Mon père! dit-elle en lui tendant les bras.

— Mâ! mon enfant chéri! exclama Touang en répondant à ses caresses. Mais, reprit-il, il se fait tard : pourquoi ne pas regagner ta chambrette?...

— C'est vrai... je me suis endormie paresseusement, fit-elle avec un sourire. Mais maintenant ma fatigue est passée, et nous pouvons causer.

— Non, enfant, va reposer... Je t'en prie, et, au besoin, je te l'ordonne... fit Touang affectueusement.

En même temps il la conduisit jusqu'à la porte de sa chambrette, et prit congé d'elle par un nouveau baiser.

— Va, enfant; et puissent les dieux t'accorder d'heureux songes.

— Je rêverai de toi, mon père...

— Et aussi de ce beau soldat qui vient trop souvent ici pour ne pas avoir quelque intérêt dans la place, acheva Touang en souriant.

La jeune fille devint écarlate, et, quelques secondes après, disparut au fond de sa petite chambre dont la porte se referma discrètement.

— Oui, ma joie... ma vie!... murmura Touang en retombant sur le divan. Que deviendrais-je si on me l'enlevait?...

Il resta longtemps plongé dans un flot de pensées, les unes sombres, les autres radieuses. Minuit sonnait lugubre au clocher de la Sainte-Enfance quand, soudain, il releva la tête.

Des coups faibles et discrets ébranlaient doucement la porte.

— Qui peut venir à cette heure? exclama Touang; je n'attends personne...

Il se leva néanmoins; mais, en h[illegible] à précaution, avant d'ouvrir, il saisit un revolver [illegible]ché sous sa houppelande.

Puis il entrebâilla l'huis.

— Qui vient là? dit-il impérativement.

— Un ami... Paul Lavergne! répondit une voix étouffée.

— Entre.

Et, entr'ouvrant plus hospitalièrement la porte, il s'effaça pour laisser passer son visiteur nocturne.

C'était un grand jeune homme, âgé de vingt ans environ, à la taille libre, dégagée, à la tournure militaire. Son visage d'un galbe parfait, était éclairé par de grands yeux noirs, à l'expression hardie, audacieuse, pleine de franchise et de loyauté, qui contrastait étrangement avec le sourire amer, désespéré même qui, comme un rictus satanique, crispait ses lèvres.

Quoique jeune, on voyait que cet homme avait éprouvé de grands chagrins et d'amères déceptions.

Il portait avec élégance le simple costume du soldat d'infanterie de marine : une vareuse de molleton bleu sombre, relevée par une double rangée de boutons de cuivre brillant, un pantalon blanc retombant sur des guêtres de toile, un képi bleu liseré de rouge et protégé par une coiffe de toile blanche comme le pantalon.

Pas d'armes.

Il entra brusquement et se laissa tomber comme accablé sur le divan que Touang venait de quitter.

Une immense douleur se lisait sur ses traits.

A quelques pas de là, l'Annamite le considérait en silence.

— Eh bien! dit-il, enfin, voyant que son hôte ne se décidait point à parler; quelles sont les nouvelles de Saïgon, Quelles raisons te contraignent à venir, à cette heure? frapper à ma porte?

Paul Lavergne eut un geste désespéré; mais ne répondit pas.

— Tu dois avoir des raisons, cependant! insista l'Annamite.

Le soldat releva la tête.

— Oui, dit-il en lâchant les mots, deux raisons, l'une terrible, l'autre atroce : un malheur et un crime...

— Un malheur et un crime! répéta Touang. Ce malheur?...

— Mon père vient de mourir...

— Et le crime?...

— J'ai frappé mon sergent... je l'ai envoyé rouler sur le sol... Oh! je suis bien perdu... et, à cette heure, je me demande ce que je suis venu faire chez toi, qui ne peux rien pour moi; pourquoi j'ai fui le châtiment que j'avais mérité. Oh! si un crime est digne de pitié, c'est le mien; car il prend sa source dans le plus saint, le plus pur des amours, l'amour filial!... Mais, ils ne me comprendront pas... j'ai failli au devoir, à la discipline, je dois mourir, je mourrai...

— Courage! dit Touang en lui pressant affectueusement la main.

— Courage! mais tu ne connais donc pas toute l'étendue de mon malheur? Ecoutes et ne m'interrompts pas. Ce matin, quelques minutes après le réveil, on m'apporte un télégramme. Malheur! C'est l'annonce de la mort de mon père, de mon père que j'ai tant affligé et qui est mort en me pardonnant... Fou de douleur, froissant dans mes mains crispées ce maudit chiffon de papier, je retombe sur mon lit priant, sanglotant. Combien de temps se passa ainsi? je l'ignore. Soudain une main s'abat sur mon épaule et une voix me crie : *Debout!* C'est le sergent! que me dit-il? que m'ordonne-t-il? une corvée? un ordre? Je ne sais, je ne réponds même pas... *Debout!* répète-t-il; et sa main me secoue rudement. Un nuage pourpre passe devant mes yeux : la fierté, la douleur m'aveuglent, et je le repousse brutalement...

« Il va tomber à quelques pas de mon lit.

— » Misérable! crie-t-il, ton affaire est claire. »

« Quelques soldats, attirés par le bruit de l'altercation, accourent près de moi.

— » Fuis! me disent-ils effrayés; fuis ou tu es perdu! »

» Sans savoir ce que je faisais, j'obéis; je traverse la chambrée en courant; à la porte, le sergent de garde, frappé de l'altération de mes traits, du désordre de ma tenue, veut m'arrêter; je le repousse brusquement et gagne la rue en courant...

» Moins d'un quart d'heure après, la tête en feu, fou, désespéré, j'errais en pleine campagne sans savoir à quel parti m'arrêter. Une voix me criait de retourner à la caserne, de me rendre, d'expier mon crime. L'autre?... Ah! Touang, si tu as jamais aimé, tu comprendras les tortures qui m'assaillirent en ce moment. Mourir, c'était renoncer à *elle*, renoncer au rêve radieux que j'avais formé! Mourir, c'était la perdre à jamais!... Et je fus lâche, j'étouffai la voix austère qui me dictait mon devoir...

» Enfin je pensai à toi, à toi mon seul ami sur cette terre d'exil, et, quand les ombres de la nuit s'étendant sur la ville diminuèrent pour moi les chances d'être reconnu et arrêté, je me dirigeai vers ta demeure.

» Et maintenant je te crie : Que faire? Faut-il me représenter à la caserne, payer de ma vie l'erreur d'un moment? Faut-il fuir, errer sans patrie, sans famille, traîner une existence misérable? Non, je ne le crois pas. Mieux vaut le premier parti, mieux vaut la mort qui punit, mais ne déshonore pas, que l'infamie qui s'attache au nom du déserteur.

— As-tu le droit de mourir? s'écria Touang d'une voix tonnante.

Et comme Paul hébété, ahuri, le regardait sans comprendre, il reprit :

— As-tu le droit de briser deux existences, la mienne et celle de Mâ pour un caprice? Ecoute, Paul, je t'ai reçu ici, traité presque comme un fils. Fatale aberration! imprudence impardonnable! Ah! rien n'échappe à l'œil d'un père; tu m'as volé le cœur de ma fille... Aujourd'hui, le malheur est complet, nous souffrons tous de ta faute...

— Touang!

— Laisse-moi parler. Tu aimes Mâ, et elle, la pauvre enfant, sans le savoir peut-être, elle t'aime à tel point que le coup qui te frapperait l'atteindrait sûrement. Voilà pourquoi je ne veux pas que tu meures, car ta mort serait la sienne... Et moi... moi... survivrai-je à la perte de mon idole?...

— Mâ m'aime! murmura-t-il en joignant les mains.

— Ah! plut aux dieux qu'elle puisse arracher cette passion de son sein! murmura Touang. Oui, elle t'aime, et cet amour est ma condamnation, car il prouve que l'homme ne peut défaire ce qu'à fait le Créateur... Fille de l'Occident, son cœur... Mais qu'allais-je dire? Non, je ne veux pas que tu meures; je te sauverai malgré toi-même, s'il le faut.

— Mais que faire? que devenir? Où traîner une vie déchirée de regrets?... Moi, infâme déserteur, sur quel point du globe assoierai-je mon foyer, le berceau de mes enfants?

— Que cela ne t'inquiète pas, fit Touang qui se redressa plein d'orgueil. Tu m'as pris jusqu'ici pour un misérable marchand, ne possédant au monde que sa barque et sa cabane; détrompe-toi : je suis riche, riche comme un *voua* (1)... sur les bords mystérieux du fleuve Rouge, près des confins de la Chine, je possède des terres, des maisons, une flotte de bateaux, une armée de matelots... Tiens, regarde... tout cela est à toi... à Mâ...

Et brusquement il pressa un ressort dissimulé dans la muraille; aussitôt la boiserie s'écarta démasquant une large ouverture, et Paul, affolé, ne sachant s'il dormait ou veillait, vit scintiller des perles, rutiler des diamants, reluire dans la demi-obscurité l'or jaune de pièces de tous les modules, de tous les pays... Touang ne mentait pas : il y avait là la fortune d'un roi.

Et tout cela était à lui!

— Oh! dit-il, je rêve! je rêve!... Mon Dieu, réveillez moi...

— Tu ne vois là qu'une faible partie de ma fortune, reprit Touang avec une énergie sauvage. Et maintenant, dis, veux-tu encore te livrer aux tiens? Veux-tu mourir?

— C'est mon devoir; il le faut!...

— Tu sacrifies ton bonheur, ma vie, celle de Mâ...

— Il le faut!...

— Ton Dieu t'ordonne-t-il de courir volontairement au devant d'une mort que tu peux éviter?...

(1) Roi.

— Mon Dieu, ma religion dit : « Fais ce que tu dois, advienne que pourra ! »

— En te perdant, tu nous perds aussi...

— Il le faut! répéta-t-il pour la troisième fois.

Mais son regard tomba machinalement sur l'éventail abandonné sur le parquet par la jeune fille, et il tressaillit.

— Non, dit-il, non, je ne veux pas mourir! Touang, je t'appartiens...

— Béni soit ton Dieu qui t'inspire cette bonne pensée!... murmura Touang. Demain tu partiras sur un de mes navires.

Paul courba la tête : il était vaincu...

II. — Ce qu'était Paul Lavergne. — Saïgon.

Il nous faut maintenant remonter de quelque peu le cours des événements, et nous transporter à la nouvelle caserne d'infanterie de marine, vaste et spacieuse construction entreprise sur des plans grandioses et se prêtant admirablement aux exigences du climat, au bien-être et au confort des troupes.

C'est avec le nouvel hôpital un des plus beaux monuments de Saïgon.

Mais parlons un peu de la ville et de la colonie dont elle est la capitale.

Nos possessions en basse Cochinchine ne se composent que de quelques provinces désignées sur la carte par les noms de leurs villes principales : Mytho, Bien-Hoa, Hatien, Chaudoc, Saïgon enfin et de l'île de Poulo-Condore.

Ces provinces sont bornées au sud-ouest et au sud-est par la mer de Chine et le golfe de Siam; au nord-ouest et au nord-est par l'Annam, le Cambodge. Plus au nord existent encore de puissants Etats, les royaumes de Siam et de Laos, l'un qui semble être la patrie des magies et de la féerie, l'autre où des fouilles récentes viennent de mettre au jour des ruines admirables qui accusent une civilisation puissante et avancée, malheureusement disparue aujourd'hui.

Ce n'est qu'en 1859 que nos troupes prirent définitivement possession de la basse Cochinchine. Encore notre territoire ne se composait-il à cette époque que de la seule province de Saïgon; c'était peu, mais c'était suffisant, car, quelques années plus tard — 1867 — au noyau principal s'ajoutèrent, comme les fleurons d'une couronne, les provinces de Mytho, Bien-Hoa, Chaudoc, etc...

Bien des années de patience, de luttes, de négociations furent nécessaires pour asseoir solidement notre puissance dans cette partie de l'Indo-Chine où tout, climat et population, était contre nous; il nous fallut compter avec les ruses et les déloyautés des Anglais, ces éternels détracteurs de toutes nos tentatives de colonisation, qui ne voyaient pas sans envie la prépondérance de la France aller toujours croissant; et, aujourd'hui encore, la question du Tonquin apparaît à l'horizon comme une menace sinistre.

Mais, quoi qu'il arrive, notre suprématie est maintenant solidement établie dans ces parages, et la basse Cochinchine, à nous de cœur et d'esprit, nous appartiendra toujours malgré les basses manœuvres, les jalousies inassouvies et inavouables de nos adversaires d'outre Manche.

Saïgon fut notre premier pied à terre, le premier point ou flotta notre drapeau triomphant. On comprend combien nous aimons cette ville toute française; on comprend que nous n'ayons épargné aucun sacrifice pour en faire une capitale digne de la mère-patrie. En dépit du climat peut ainsi dire mortel aux Européens, en dépit des entraves sans cesse opposées par une nation dont nous tairons le nom, des difficultés toujours renaissantes aussitôt que vaincues, des mauvais vouloirs cachés, mais réels, qui semblent faits pour paralyser toute initiative, notre œuvre est fondée, et la Cochinchine entière nous appartiendra dès que nous voudrons étendre la main pour la saisir.

Ces résultats, fruits de près de vingt et un ans de patience et de sacrifice, contribueront peut-être à modifier l'opinion malheureusement trop répandue à l'étranger, que les Français n'ont aucune des qualités qui font les colonisateurs.

Aujourd'hui, quoi qu'on en dise, la basse Cochinchine est un des plus beaux fleurons de la couronne de cette grande nation qu'on appelle la France. Et, s'il est vrai qu'un enfant est d'autant plus aimé que ses premières années ont coûté plus de soins, d'inquiétudes à ses parents, notre colonie de l'extrême Orient doit nous être la plus chère, car c'est celle qui nous a le plus coûté!

Saïgon est aujourd'hui une ville magnifique, un vrai coin de la France. Si son aspect est peu imposant et manque de cette grandeur qui frappe dès le premier abord, il faut s'en prendre à sa position plutôt qu'à l'insuffisance des édifices. Bâtie sur les bords du *Donnaï* et du puissant *arroyo* Chinois ou *Viam-ben-ghè*, la ville semble un bosquet de verdure, car toutes les rues, toutes les places sont plantées de magnifiques tamariniers qui répandent autour d'eux une ombre et une fraîcheur délicieuses, fort appréciées sous ce chaud climat. Dominant ces masses verdoyantes que le soleil baigne et colore diversement, les clochers des églises, la flèche élancée de la Sainte-Enfance, les faîtes des hôpitaux, des casernes, du palais du gouvernement tranchent vigoureusement sur un ciel d'un bleu implacable. Saïgon possède un port militaire, un port de commerce, de belles maisons construites en pierre, des magasins qui pourraient rivaliser avec ceux de l'avenue de l'Opéra; des cafés concerts, un théâtre, que sais-je encore...

C'est en outre le siége de l'évêché de la basse Cochinchine.

Cependant quelques détails font ombre à ce tableau, ou plutôt, comme de vigoureux repoussoirs, font apprécier ce qui *est* comparé à ce qui *était*. Si une des rives du fleuve, aux quais larges et monumentaux, se couvre de beaux édifices, de docks où s'engouffrent au sortir des navires les produits de tous les coins du globe, l'autre rive conserve encore de misérables huttes faites de jonc et de bambous, des *paillottes* élevées sur pilotis où grouille toute une population d'indigènes, à la mine effarée, au costume plus que primitif.

L'élément Chinois et Annamite est peu répandu à Saïgon, centre avant tout administratif. Mais aux portes presque de la ville s'est élevée une cité industrieuse et mercantile, Cholon, c'est un des points sur lesquels se déverse cette tourbe qui sort chaque année du céleste empire pour se répandre à travers le monde. Cholon n'est pour ainsi dire habitée que par des Chinois et des Annamites, deux peuples qui se haïssent cordialement, mais qui savent admirablement imposer silence à leurs rancunes, quand il est question de dépouiller un Européen.

Nous avons étudié ailleurs les causes de l'émigration chinoise; nous n'y reviendrons pas. Ce que nous tenons à constater, c'est ce hasard étrange — faut-il dire un hasard? — qui fait que, sur tous les points du globe, des rives du Pacifique à celles de l'Atlantique, les *barbares* sont tributaires des célestes habitants de l'empire du milieu...

Les Chinois se sont rués sur la basse et la haute Cochinchine, comme en un territoire conquis. Depuis les produits les plus ébouriffants des modes du jour, jusqu'aux plus infimes objets, ils vendent tout, détiennent tout. Presque tout le grand commerce se fait par leur entremise; mais, chose étrange, rarement ils songent à profiter des hautes positions que l'astuce et la bassesse ont su leur créer, rarement ils se fixent dans les lieux qui les ont enrichis : ils n'ont qu'une pensée, qu'un but : arrondir leur avoir et retourner dans leur patrie, jouir en paix d'une fortune si péniblement acquise.

Mais pour un qui s'en va gorgé et satisfait, dix accourent maigres, faméliques, prêts à la curée.

Les Chinois sont la plaie d'Egypte de toute colonie, l'épouvante de tout travailleur : sobres, économes, vivant de peu, ils produisent à des conditions vraiment dérisoires, et, peu à peu, petit à petit, monopolisent tout commerce, toute industrie entre leurs mains.

Nous ne nous arrêterons pas davantage à cette question que nous avons déjà traitée ailleurs.

Revenons à notre soldat, à Paul Lavergne qui, nous ne le cachons pas, est le héros principal de notre récit.

* * *

Paul Lavergne appartenait à une honorable famille du centre de la France. Son père, ancien capitaine de cavalerie, s'était retiré, sa retraite obtenue, à Orléans, sa ville natale. Ce fut là qu'il se maria, vieux déjà, avec sa cousine, pauvre orpheline qui lui apportait en dot plus de vertus et de qualités que de sacs d'écus.

Mais le capitaine, en vrai soldat qui a gagné tous ses grades à la pointe de son épée, n'avait jamais été fort sur le calcul; il possédait une petite fortune qui, bien gérée, lui rapportait bon an mal au plus de trois mille francs; ajoutons à cela le produit de sa pension de retraite et de sa croix d'honneur et nous conviendrons comme lui que c'était suffisant pour vivoter tranquillement en *plantant des choux et en élevant des lapins.*

Les premières années de ménage furent on ne peut plus heureuses pour les nouveaux époux. Quoique plus jeune de quinze ans que le capitaine, madame Lavergne adorait son mari qui, d'ailleurs, le lui rendait bien. La naissance d'un enfant vint encore resserrer leur affection mutuelle et leur apporta un nouvel élément de bonheur et de douces préoccupations pour l'avenir.

— Nous en ferons un homme, un soldat, palsambleu! disait le capitaine de cette grosse voix qui, si souvent, faisait trembler les échos du paisible intérieur.

Madame Lavergne souriait doucement.

— Il sera ce qu'il plaira à Dieu, répondait-elle.

Mais, hélas! ce bonheur ne devait pas durer. Madame Lavergne, dont la jeunesse avait été traversée par bien des épreuves et bien des souffrances cachées, était atteinte lors de son mariage du germe de cette maladie fatale, véritable fléau de notre siècle, la phthisie. Quelques années de bien-être et de bonheur avaient pu enrayer le mal, mais non l'arrêter, et la pauvre femme mourut laissant son fils à peine âgé de sept ans.

Peindre la douleur du capitaine serait chose impossible. Il criait, rugissait, accusait ciel et terre, s'accusait lui-même de ne pas avoir su garder cet ange de piété et de dévoûment que Dieu avait placé à son foyer... Puis une réaction soudaine se fit dans cette nature énergique, et il jura de se consacrer tout entier à l'éducation de son fils.

Ce fut une faute; le capitaine Lavergne était un brave, un loyal soldat; mais un bien mauvais éducateur. S'il avait conservé toute sa sévérité militaire, il était aussi plein d'indulgence pour ces bons tours d'écoliers, ces vieilles *carottes* qui ne pouvaient le tromper, mais qui étaient pour lui comme un dernier souvenir de son ancien métier.

Il éleva son fils rondement, ne lui permit aucune observation contre ses professeurs pendant ce qu'il appelait le *service*, c'est-à-dire la classe; l'habitua à une propreté, à une exactitude toute militaire; ne souffrit jamais qu'il élevât la voix en sa présence; mais ce fut tout. Hors de la maison et du Lycée, l'enfant jouissait d'une liberté à peu près complète.

Ce système d'éducation porta ses fruits. A dix-neuf ans, Paul, que son père destinait à l'Ecole militaire de Saint-Cyr, fut repoussé avec perte et fracas dans ses examens. L'année suivante il en fut de même, et le vieux grognard soupira.

— Clampin! dit-il entre un morbleu et un palsambleu, tu ne seras donc jamais propre à rien?... Joli usage que tu as fait de tes huit années d'étude... Ah! si ta pauvre mère te voyait! Enfin, il faut te faire une position; tu seras teinturier, épicier, notaire, avocat, je ne m'en mêle plus. Mais auparavant, il faut satisfaire à la loi; tu vas faire ton volontariat.

Paul accepta de grand cœur; c'était la liberté.

Quelques mois plus tard le jeune homme contracta un engagement conditionnel d'un an, et fut dirigé sur une de nos villes frontières.

Il était libre! Son père, par amour-propre mal entendu, lui faisait une forte pension : aussi résolut-il de s'en donner à cœur joie. Sans direction, sans surveillance affectueuse, il devint bientôt un des plus mauvais soldats, mais, en même temps, le héros du régiment. La *boîte* (1) le connaissait; la

(1) Salle de police.

cellule ne lui faisait plus peur. Il eut des duels à sensation, il fit des dettes dans tous les cafés, siffla les actrices du théâtre, rossa les patrouilles, les sergents de ville; bref une sorte d'Artagnan en pantalon garance.

C'était pourtant un bon cœur, une nature franche, loyale, capable de tous les dévouements, mais un cerveau égaré, mal équilibré. Pour devenir un homme dans toute l'acception du mot, il ne lui eut fallu qu'une bonne direction; malheureusement, cette direction lui avait toujours fait défaut.

Au bout de l'année, son feuillet de punitions étant presque rempli, son éducation militaire s'étant surtout perfectionnée dans les théâtres, les cafés, la solitude de la *boîte*, il ne put réunir le nombre de points exigés de tout engagé conditionnel à l'examen qui précède le départ, et le colonel lui annonça qu'il ferait une année supplémentaire.

Le capitaine Lavergne fit exprès le voyage d'Orléans pour venir sermonner monsieur son fils.

— Ecoute, lui dit-il, tu es un propre à rien, un vrai conscrit. Ma patience est à bout et ma bourse aussi. Amuse-toi, palsambleu! mais amuse-toi proprement... Moi aussi, je me suis amusé, mais, vois-tu, pour moi, le service était le service, c'est-à-dire une chose sacrée. Que vas-tu faire maintenant? J'ai grand peur que ta deuxième année ressemble à la première, et, alors, tu en auras pour tes cinq ans avec des notes telles que tu ne passeras même pas caporal... Il faut que cela finisse. Voici donc ce que j'exige: tu vas immédiatement contracter un engagement de cinq ans dans un autre corps et tu te conduiras convenablement, ou je te coupe les vivres... A bon entendeur... salut!...

— Vous avez raison, mon père, répondit Paul que la douleur du vieux soldat toucha profondément, et je vous obéirai... Je m'engagerai, mais pas dans l'infanterie de terre, dans l'infanterie de marine. Si je reste ici, je le sens, les mauvaises connaissances, les habitudes prises, un sot orgueil paralyseront toute ma bonne volonté. En outre j'ai des notes détestables et mes chefs ne feront jamais rien pour moi. Dans l'infanterie de marine, rien de tout cela : de nouveaux chefs, de nouveaux camarades, de nouvelles habitudes aussi, c'est peut-être assez pour me sauver.

Le capitaine opina de la tête, Paul continua.

— Et puis, on m'enverra aux colonies, et, là, l'avancement est rapide, car les occasions de se signaler ne font jamais défaut.

Le vieux capitaine fut sur le point de s'attendrir, de s'opposer à cette séparation qu'il jugeait devoir être bien cruelle. Mais, d'un autre côté, Paul avait besoin d'une bonne leçon, et il sacrifia sa tendresse et son égoïsme paternel à l'avenir de son fils.

— Bien, dit-il, je suis content de toi. Pars et reviens, non avec les galons d'officier, mais avec ceux de sergent seulement et je serai satisfait. Allons, pas de faiblesses indignes d'un homme! Embrasse-moi, et à l'œuvre : les bonnes résolutions doivent être mises à exécution sans retard.

Et voilà pourquoi Paul fut incorporé dans le 2e régiment d'infanterie de marine, en garnison à Brest. Six mois après, il partait pour la Martinique où il fut nommé caporal. Il ne fit qu'un séjour de deux ans dans cette colonie et revint à Brest; mais pas pour longtemps, car, ayant été promu au grade de sergent, il changea de compagnie et, sur sa demande, fut dirigé sur la Cochinchine.

Sa conduite était devenue exemplaire; il avait promis à son père de se corriger, et il était résolu à tenir sa parole. Malheureusement il avait trop présumé de ses forces. Un jour, au moment où il prenait son képi pour sortir, un adjudant lui ordonna de faire faire une corvée qui devait le retenir au quartier toute la journée. Ce n'était pas son tour, il refusa. L'adjudant s'entêta ; Paul se retrancha derrière son droit, et il y eut entre le supérieur et l'inférieur un échange de dures paroles et de réponses ironiques.

— Vous obéirez ! cria l'adjudant à bout d'arguments.

— Vous vous trompez, mon lieutenant (1), je n'obéirai pas, car je sors.

— Vous allez d'abord vous rendre à la salle de police, ou je vous consigne pour quatre jours...

— Je n'irai pas.

— C'est ce que nous verrons ! Allons, marchez...

En même temps, il leva la main pour le pousser vers la prison. Le visage du jeune homme devint livide, puis s'empourpra subitement ; ses yeux lancèrent des éclairs fauves ; tout son être vibra de honte et d'indignation ; dans ce geste, il avait vu une menace...

Avant que la main de l'adjudant ne s'abattît, il l'avait saisie dans la sienne, et, la serrant à la broyer :

— Mon lieutenant, dit-il d'une voix sourde, je ne suis pas une brute, je suis un homme... On ne frappe pas un soldat quand il a failli, on le fusille... on ne le déshonore pas, on le punit... Frappez ! frappez si vous l'osez !...

L'adjudant se recula d'un pas.

— Vous aurez de mes nouvelles ! fit-il sévèrement.

Paul ne répondit pas et sortit tranquillement du quartier.

Le soir, quand il rentra, le sergent de semaine le fit immédiatement écrouer. L'adjudant, haineux comme un Corse qu'il était, avait déjà fourni un rapport sévèrement motivé, et Paul, pour refus d'obéissance, insubordination aggravée

(1) Bien que les adjudants ne soient que des sous-officiers de première classe et que, en cette qualité, ils n'aient droit qu'à la dénomination de chefs comme les sergents-majors, l'usage est de les appeler lieutenants.

de menaces envers un supérieur, fut cassé et remis soldat de deuxième classe.

Sa douleur fut terrible. Ainsi, c'était donc là tout le fruit qu'il avait tiré de quatre années de soumission et de conduite exemplaire? Ses efforts avaient été bien récompensés, franchement! ils tournaient contre lui. A la veille de quitter le service, il se voyait honteusement rejeté en arrière; il lui fallait redevenir l'inférieur de ceux qui avaient été ses égaux, redescendre parmi ceux qu'il avait commandé... Ah! pourquoi les lui avait-on donné ces maudits galons?...

Et son père?...

A partir de ce jour, il devint sombre, inquiet, repoussa les avances affectueuses de ses camarades, se plongea tout entier dans sa douleur. Il ne retrouvait un peu de calme et de repos que dans la maison de Touang-yé-ou auquel il avait rendu de grands services autrefois et qui était devenu son ami. Mais ces heures d'apaisement étaient rares : Touang tenait presque toujours la mer, accompagné souvent de Mâ, et, quand cette dernière restait seule au logis, la bienséance lui interdisait de s'y présenter en l'absence du maître.

Paul, d'ailleurs, n'avait pas complètement épuisé le calice d'amertume. De nouveaux malheurs devaient le frapper encore, et le plus terrible fut la mort de son père.

Il apprit cette fatale nouvelle brutalement, sans ménagement. Le parent éloigné, qui avait veillé le vieux capitaine, soit par ignorance, soit pour tout autre cause, au lieu d'en avertir d'abord le colonel — qui eut fait appeler le jeune soldat et l'eut en quelque sorte préparé à son malheur — envoya directement un télégramme à Paul.

La dépêche, arrivée dans la nuit, lui fut remise le matin.

D'abord, il n'y voulut pas croire. Quoi! tout lui manquait à la fois? ce père si bon, si indulgent, il ne le reverrait plus?

Non, c'était impossible : le télégramme était faux, il mentait !...

Hélas ! il lui fallut bien se rendre à l'évidence... Alors il se jeta sur son lit, s'y roula mordant draps et couvertures dans l'explosion de sa douleur sauvage.

Son visage était blême comme celui d'un cadavre ; de rauques sanglots soulevaient sa poitrine, lui déchiraient la gorge ; et pourtant ses yeux, fixes, atones, n'avaient pas une larme.

Ce fut en ce moment qu'intervint le sergent.

— Eh quoi ! dit-il en s'approchant de Paul, que fais-tu là ? Les hommes sont déjà prêts pour l'exercice ; tu vas te faire fourrer à la *boîte*.

La chambrée, en effet, sauf deux ou trois hommes qui achevaient d'astiquer leurs ceinturons sur leurs lits, était abandonnée.

Paul ne répondit pas. Croyant qu'il dormait, car il avait le visage enseveli dans ses deux mains, Blanchet, le sergent, lui frappa rudement sur l'épaule.

— Laisse-moi, Blanchet ! cria Paul comme réveillé en sursaut.

— Eh quoi ! des menaces à sa *vieille branche !* reprit Blanchet qui longtemps avait été le collègue de Paul. Oust ! lève-toi ou je te fais *camper*.

— Laisse-moi, te dis-je !

— Et tu iras au *clou ?*... Non... Allons, debout !

En même temps il prit à deux mains, pour le renverser, le matelas sur lequel reposait le soldat. Cette plaisanterie, d'un usage journalier dans les casernes, n'était pas, en ce moment du moins, du goût de Paul. Furieux, grisé par la douleur, il repoussa brusquement le sous-officier qui alla rouler sur le sol, les quatre fers en l'air.

— Fuis! crièrent épouvantés les rares assistants de cette scène.

Paul avait déjà disparu.

— Le misérable! s'écria Blanchet en se relevant.

— Son père vient de mourir, répondit un des soldats.

— Que ne le disait-il plus tôt, je l'aurais fait exempter d'exercice. Après tout, reprit Blanchet, bon garçon au fond; je n'ai pas été frappé à la figure, donc l'honneur est sauf. Pas un mot à personne... Qu'on le cherche et me le ramène : je ne porterai pas plainte... Pauvre diable!...

Mais le soir Paul ne rentra pas, ni le lendemain non plus. Les délais légaux expirés, il fut porté comme déserteur, et cette histoire fut oubliée de tous.

Seulement, sauf les rares témoins, personne ne sut rien du drame qui avait eu la caserne pour théâtre : Blanchet avait tenu sa parole, il n'avait pas porté de plainte.

III. — Où l'on met le pied sur le pont du « Dragon-Rouge. » — Les étonnements de Paul.

Le lendemain, avant l'aube, Paul, qui avait passé la nuit sur le divan, fut réveillé par Touang-yé-ou.

— Debout! fit l'Annamite; il est temps de partir.

— Mais, répondit le jeune homme en montrant son uniforme, je ne puis partir avec ces vêtements qui ne m'appartiennent pas et qui me trahiraient.

— J'ai prévu cette difficulté et j'y ai pourvu. Tiens, prends ce costume, il te déguisera suffisamment.

Quelques minutes après le jeune homme avait revêtu une longue robe annamite, des caleçons de cotonnade. Sur sa tête, recouverte d'un turban, il plaça un de ces immenses chapeaux coniques, appelés *schalakos* ou *chalakos* ; à sa ceinture pendait un éventail et sa main s'appuyait sur un énorme bambou. Touang lui rasa promptement la moustache et lui teignit la figure avec une liqueur jaunâtre; ainsi attifé, le jeune homme était méconnaissable même pour ses meilleurs amis.

Il rassembla les vêtements qu'il venait de quitter, les enveloppa dans une grande feuille de papier et écrivit comme adresse le nom de son capitaine.

— Tu t'arrangeras de façon à ce que ces vêtements arrivent au quartier aujourd'hui même, dit-il à Touang. Je veux bien être accusé de désertion; mais pas de vol d'effets appartenant au gouvernement.

— Sois tranquille; ta commission sera faite.

Cependant, dans la pièce voisine, Mâ, aidée de la vieille matrone, avait préparé un modeste déjeuner : du thé, des bananes, une volaille, un poisson pêché dans les eaux du Donnaï, et une bouteille de vin de France, tel était le menu. Les deux hommes se substentèrent rapidement; puis, le jour s'étant fait brusquement, presque sans crépuscule, ils songèrent au départ.

Les préparatifs étaient achevés depuis longtemps.

— Au revoir, Mâ, dit Touang en pressant sa fille contre sa poitrine. Puissent nos dieux et le tien te garder pendant mon absence! Nous nous reverrons bientôt.

— Au revoir, Mâ, ajouta Paul qui pressa timidement la main de la jeune Annamite; pense à moi quelquefois.

— Toujours! répondit-elle ingénûment. Oh! revenez vite! Que deviendrai-je éloignée de vous, de toi, mon père, de toi, mon seul ami?...

Revenez vite...

— Mâ, reprit Touang d'une voix grave, considère désormais Paul comme ton fiancé : c'est ma volonté, ce doit être la tienne... Pour moi, pour toi, il a rompu avec le passé, avec sa patrie, avec les siens... Il nous appartient, il est mon fils...

Mâ ne répondit pas d'abord ; une vive rougeur empourprait son visage...

— Eh bien? reprit l'Annamite.

— Je t'obéirai mon père, fit-elle enfin, aujourd'hui comme toujours.

Puis, jugeant qu'il fallait abréger cette scène des adieux, Touang s'écria résolûment :

— En route!

Il faisait grand jour quand ils arrivèrent sur les quais couverts de docks et d'élégantes habitations que dominait l'hôtel des Messageries-Maritimes, un véritable palais.

Saïgon s'éveillait ; mais pas un Européen encore dans les rues ou sur les quais, sauf quelques douaniers français qui se promenaient l'œil à tout, le bambou à la main. La rivière, un affluent du Donnaï qui, avec le *Viam-ben-ghè*, forme le port de Saïgon, était couverte de barques de toutes les nations ; *steamers* anglais ou français, bricks, goëlettes, trois-mâts italiens, allemands et suédois se pressaient le long des quais ou reposaient sur leurs ancres au milieu du courant ; par-ci, par-là passaient lentement de lourdes jonques aux grandes voiles de jonc tressé, aux cabines ornés comme des pagodes, des *sampangs* manœuvrés par des bateliers déguenillés, de légères baleinières montées par des matelots européens.

Puis, le soleil s'élevant de plus en plus dans un ciel radieux, en jetant de rouges reflets sur les eaux tranquilles, et en colorant de vives nuances le faîte des tamariniers qui bordent les quais, l'animation devint de plus en plus grande. On voyait les hommes du peuple, vêtus d'un simple caleçon, mais coiffés de gigantesques chapeaux, se rendant au travail, s'arrêtant à chaque pas pour allumer une cigarette, ou introduire dans leur bouche une énorme chique composée de bétel, de tabac, de chaux et d'arec, chique qui noircit les dents et rend la salive aussi rouge que du sang; les porteurs d'eau soutenant en équilibre leurs seaux aux extrémités de longs bambous; les *coolies* occupés à décharger les navires; les paysans arrivant au marché pliant sous leurs faix de tomates, d'aubergines, de haricots verts, de pois, de fèves, etc.; les marchandes de lait, de volailles, etc...

Tous ces gens, hommes et femmes, se rendaient gaiement, en babillant, fumant, chiquant, à la grande place du marché.

Le navire de Touang, une simple jonque jaugeant environ une trentaine de tonneaux, était mouillé au milieu de la rivière. Depuis la veille toutes les formalités de douane étaient remplies et le chargement au grand complet; il n'y avait plus qu'à partir.

— Suis-moi, dit l'Annamite au jeune Français; et, si quelqu'un t'interroge, laisse-moi le soin de répondre.

Puis, s'approchant plus près du bord, il héla les siens d'une voix tonnante. Quelques secondes après, un *sampang* manœuvré à la godille par un seul matelot, aborda au ras du quai, prit les deux hommes, et, virant immédiatement de bord, revint à la jonque qu'il accosta par le travers.

Touang et Paul grimpèrent lestement sur le pont; les voiles de jonc tressé furent déployées à la brise, et la jonque, le *Sé-ké-Man*, prit sa volée vers la haute mer.

Bientôt elle descendit le cours du Donnaï, qui se déroule en méandres capricieux entre deux rives animées et pittoresques. A mesure qu'on s'éloignait de Saïgon dont les hauts édifices et les flèches élancées se profilaient encore en bleu sombre dans la buée transparente et dorée du matin, les berges s'écartaient, le fleuve se faisait plus large, plus puissant.

Puis apparut la pleine mer. Devant eux, les matelots n'avaient plus qu'un horizon sans bornes, une ligne indécise où se confondaient le ciel et les eaux; mais à droite, à gauche, des massifs de verdure qu'égayaient les tons les plus chauds, d'où émergeaient comme des coupes évasées les couronnes gracieuses des palmiers d'eau, les éventails des ébéniers en fleur, les blancs flocons des cotonniers, prêtaient de nouveaux charmes à ce paysage agreste.

Quelques villages pittoresquement groupés, des chaumières isolées se voyaient sous l'ombrage des tamariniers, des figuiers, des jaquiers géants. Dans les branches gambadaient des singes affreux, mais agiles, à côté des perroquets criards, mais peints des couleurs les plus éclatantes. Puis, le décor se métamorphosait brusquement, et aux ombrages séculaires, aux fouillis de lianes, de fleurs, de plantes grimpantes succédaient des rives basses et inondées, des rizières sans fin dominées par des cases bâties sur pilotis.

Les eaux avaient aussi leur animation, animation plus saisissante encore, car elle était l'œuvre de l'homme et non de la nature.

C'est au nombre des navires qui le fréquentent que se reconnaît la prospérité d'un port de commerce. Sur ce point Saïgon a peu de chose à envier aux autres colonies. Sans compter les barques annamites, jonques, *sampangs*, le fleuve était couvert de trois-mâts, de goëlettes, de bateaux à vapeur, et, au milieu de toutes ces embarcations, un magnifique *steamer* des Messageries-Nationales remontait fièrement le courant, le pavillon tricolore flottant à sa corne d'artimon.

Adossé à la muraille de la cabine, Paul contemplait ce spectacle. Ses yeux étaient humides de larmes : le chagrin, le regret, le remords peut-être gonflaient sa poitrine et lui arrachaient de rauques sanglots. C'est qu'on ne renonce pas impunément à sa patrie, surtout quand cette patrie est la France! Sombre, morne, il songeait à tout ce qu'il abandonnait, il se demandait quelles sympathies, quels encouragements il rencontrerait dans sa misérable existence de proscrit, de déserteur. La pensée de son père, ce brave et fidèle soldat, venait ajouter encore à ses angoisses : il avait peur de devenir fou...

— Je suis maudit, murmurait-il sans cesse. Le nom que je porte, le nom de mon père est flétri! Je n'ai plus ni patrie, ni foyer, ni autel... rien!... Ah! mieux valait en finir tout de suite... mieux valait mourir...

Touang-yé-ou, heureusement, vint l'arracher à ses tristes préoccupations.

— Le voyage commence bien, dit-il; nous avons vent et marée pour nous, et, avant six heures, nous entrerons en pleine mer...

— Dieu le veuille! soupira Paul.

— Allons, pas de tristes appréhensions, les dieux nous protégeront. Hier nous avons offert un sacrifice aux génies des mers et des fleuves, nous avons consulté le destin qui nous a été favorable... donc, plus de craintes

Paul haussa dédaigneusement les épaules.

— Tes dieux et tes génies ne te protégeront pas contre une bonne tempête; et plaise au ciel qu'elle arrive, je la bénirai, car ce sera plus tôt fini!...

— Tu veux donc mourir?

— A quoi suis-je bon, flétri, avili, déshonoré sur cette terre?

— Et Mâ?

Paul courba la tête sans répondre.

— As-tu vu mon navire, qu'en penses-tu? reprit Touang après un moment de pénible silence.

— Je ne l'ai pas visité; mais j'en ai vu assez pour être

renseigné sur sa valeur. Si c'est un échantillon de ta flotte, si c'est avec ces quelques planches mal clouées, mal équilibrées, avec ces trois hommes déguenillés, à moitié nus que tu prétends courir aux rives du Tonquin; si c'est ici que tu caches les millions que tu m'as promis, avoue, Touang, que tes promesses sont bien fallacieuses et que tu t'es, à plaisir, joué de ma crédulité? Qu'importe après tout!...

Touang eut un sourire étrange.

— Patience et tu verras! dit-il. Je ne t'ai rien promis que je ne puisse tenir. Ma fortune est réelle, réelle comme ma puissance. Attends...

— Attendons! conclut le jeune homme.

Et il retomba dans ses tristes pensées, souhaitant un naufrage, une tempête, une catastrophe quelconque enfin. La vie qu'il menait depuis la veille lui pesait, l'écrasait; comme un cadavre il s'abandonnait à sa destinée, résigné, mais non découragé, appelant la lutte ou la mort, c'est-à-dire la délivrance ou le repos...

Touang le laissa; la manœuvre d'ailleurs exigeait toute son attention.

Le soleil, à son zénith, colorait diversement les flots qui sous ses chaudes caresses resplendissaient, rutilaient, se poudraient de paillettes d'or, de globules diamantés; devant le navire s'ouvrait un delta immense et tout hérissé de rochers, d'îles et d'îlots : l'embouchure du Donnaï.

La barque passa heureusement la barre et gagna la pleine mer en doublant le cap Saint-Jacques.

Le temps, d'une sérénité admirable, se prêtait complaisamment à la navigation des petits navires; la mer excessivement calme n'était ridée que par les risées d'une petite brise de terre. Circonstances heureuses, car, avec un peu de houle et un vent frais, le *Sé-ké-Man* eut touché à la côte avant de doubler le cap.

Sans perdre de vue la terre, la jonque, serrant un peu ses voiles pour courir au plus près, se disposa à remonter au nord-est, le long des côtes de l'Annam.

Mais brusquement la brise tomba, le calme se fit sur les flots, et les trois tritons dépenaillés, à moitié nus, qui composaient tout l'équipage du *Sé-ké-Man*, ruisselant de sueur, poussant des soupirs à fendre des rochers, furent contraints de s'atteler aux longs et peu flexibles avirons pendant que Touang gouvernait à l'arrière.

Quant à Paul, rien encore n'avait pu le tirer de la sombre et désolante prostration dans laquelle il était plongé.

La barque rangeait la côte d'assez près pour que les yeux pussent l'apercevoir, basse, écrasée sous les masses mobiles de sa sombre végétation. Çà et là, comme de blancs rubans d'argent, quelques ruisseaux se précipitant dans la mer, ou l'embouchure d'une petite rivière, ou bien encore le toit pointu et écailleux d'une pagode en rompaient seuls la monotonie.

Plus dans l'est apparaissaient les premières assises de cette chaine gigantesque, véritable squelette de granit qui court en serpentant jusqu'aux confins de la Chine et sert à la fois de frontière naturelle et de ligne de partage des eaux entre l'Annam et les royaumes voisins.

Avec la nuit la brise se leva de nouveau et on put rétablir la voilure. Les côtes de la Cochinchine française avaient disparu dans le sud-ouest : on côtoyait maintenant le rivage de l'empire Annamite, au sud du cap Kéga.

La nuit, une nuit sans lune, sans étoile planait mystérieusement sur les flots à peine agités.

Soudain, à tribord de la jonque, apparut une lumière rouge, ronde comme un globe, et qui semblait accrochée au grand mât d'un navire.

— Un vaisseau en perdition! s'écria Paul qui l'aperçut le premier; il faut le secourir!...

Mais Touang sourit, et, se tournant vers ses hommes, leur dit quelques mots à voix basse.

Aussitôt une énorme lanterne fut hissée au sommet d'un des mâts du *Sé-ké-Man*, le feu rouge qui brillait au loin disparut soudainement et fut remplacé par un globe vert qui s'éleva et s'abaissa par trois fois; puis le feu rouge reparut encore.

A n'en pas douter, c'était un signal.

— Que se passe-t-il? murmura Paul.

— Tu vas le savoir, répondit Touang.

Et, s'adressant à l'homme qui gouvernait.

— Le cap sur cette lumière, reprit-il.

La jonque évolua rapidement et silla résolûment vers la lumière qui resplendissait comme un phare dans la nuit obscure.

Elle naviguait depuis plus d'un quart d'heure sous sa grande voile seulement quand le vent de minuit, balayant du ciel les noirs nuages qui l'obscurcissaient, dégagea brusquement le disque lunaire. Une clarté pure et brillante inonda alors les flots, et les matelots du *Sé-ké-Man* poussèrent un long cri de triomphe.

Devant eux se balançait à l'ancre une jonque, mais une jonque aux proportions gigantesques et étranges. Elle était longue, effilée, mais tellement basse que ses murailles s'élevaient à peine à un mètre cinquante au-dessus de la ligne de flottaison; sa proue figurait une tête de monstre marin, dont les yeux d'émail brillaient comme des escarboucles sous les clartés de la nuit; sauf une élégante cabine dont le toit vernissé se relevait en chapeau chinois à ses extrémités, le pont n'était encombré d'aucune de ces constructions bizarres qui font que les navires indigènes ressemblent à de véritables maisons flottantes; enfin, elle portait trois énormes mâts sur lesquels s'enroulaient en guirlandes de grandes voiles de jonc tressé.

Du reste, ni oriflammes, ni banderolles pouvant indiquer si elle était Annamite, Chinoise ou Japonaise

Déjà le *Sé-ké-Man* l'avait accostée.

— Monte! dit Touang à Paul.

Celui-ci, encore sous l'impression que lui causait la vue de ce mystérieux navire, obéit sans répliquer. Après lui, Touang escalada à son tour la muraille de bâbord.

Puis le *Sé-ké-Man*, qui avait conservé son équipage, s'éloigna à toute voile et s'effaça dans la nuit.

Revenu de sa surprise, Paul jetait autour de lui des regards curieux et investigateurs. Le pont du navire était éclairé par une infinité de lanternes de couleur; il pouvait distinguer l'équipage, une soixantaine d'hommes, vêtus des costumes annamites, armés jusqu'aux dents, chose rare à bord d'une jonque, et ressemblant bien plus à une armée de forbans qu'à de paisibles et pacifiques caboteurs. Du reste, les visages féroces de ces hommes, les armes qu'ils portaient à la ceinture et surtout la double rangée de canons montrant partout leurs gueules béantes lui eussent enlevé tous ses doutes, s'il en avait conservé encore.

Touang souriait de son étonnement.

— Où suis-je? demanda le jeune homme d'une voix résolue.

— Tu le vois, sur mon navire, répondit Touang toujours imperturbable. Tout à l'heure tu m'as demandé si c'était avec ma mauvaise barque, mon méchant équipage que je prétendais régner sur les mers, te procurer la fortune que tu as rêvée; je t'ai répondu d'attendre... Eh bien! voilà mon vaisseau; il est grand! Voici mon équipage; il est nombreux!... Crois-tu maintenant à ma parole? doutes-tu encore de moi?

— Mais ces armes... ces canons?...

— Pour notre sécurité, répondit Touang avec son singulier sourire. A terre, l'honnête négociant est exposé aux tentatives des voleurs; mais sur mer, il a à redouter des dangers bien plus grands, bien plus sérieux de la part des pirates de toutes les nations qui infestent nos côtes, et s'il est prudent, il s'arme...

— Et c'est pour ta défense que tu étales un pareil luxe de précautions...

— Oui... pour ma défense.

— Impudent coquin! s'écria Paul qui ne put se contenir plus longtemps. Crois-tu donc que je me laisserai prendre comme un imbécile à la glu de tes contes? Non, j'en ai vu assez, j'en ai entendu assez pour connaître le milieu où je me trouve : je suis à bord d'un forban, d'un écumeur des mers!...

— Et quand cela serait?

— Quand cela serait, Touang!... Apprends une chose, c'est que des bandits et moi nous ne mangeons pas le même pain, nous ne dormons pas sous le même toit. J'ai pu commettre des fautes; mais une mauvaise action, jamais! De ce jour, je ne te connais plus.

Un ricanement strident fut la seule réponse de l'Annamite.

— Touang, continua le jeune homme en s'animant, je te somme de me débarquer à l'instant...

— C'est impossible, ma barque s'est éloignée, et je ne puis risquer mon navire près des côtes.

— Il le faut!

— Et le conseil de guerre?... et la mort qui t'attend peut-être?... As-tu songé à cela?...

— Mieux vaut la prison, mieux vaut la mort que l'infamie; car c'est une infamie, Touang, que de vivre et de repiver en compagnie d'êtres pareils que toi et les tiens. Mais si tu ne veux pas me débarquer, bandit, donne-moi un de tes *sampangs*... Dieu me conduira...

— Et Mâ! fit Touang qui jugea le moment opportun de frapper un coup décisif, tu renonces aussi à elle?...

— Si Mâ m'aime, elle m'approuvera, car elle est pure, elle, car elle ignore ton métier infâme.

— Non! s'écria l'Annamite; j'ai des vues sur toi, je te tiens, je te garde!...

— Je te forcerai bien à me débarquer ou à me tuer! répondit Paul furieux.

En même temps il bondit sur l'Annamite et l'étreignit à la gorge. Les deux hommes roulèrent sur le pont, mais Paul avait le dessus, et nul ne sait comment se serait terminée cette lutte violente, sauvage, si les bandits, voyant le danger que courait leur digne chef, ne s'étaient élancés pour le dégager.

Furieux, ils voulaient tuer Paul.

— Que personne ne touche seulement à un de ses cheveux! s'écria Touang. Il est sous la protection du *dragon rouge*, sous la mienne. Qu'on le garrotte et qu'on le jette dans ma chambre... Plus tard nous aviserons.

Quelques minutes après le malheureux jeune homme, impuissant, garrotté, était entraîné dans la chambre luxueuse du capitaine.

— Qu'on lève l'ancre! commanda Touang.

— Vers quel point nous dirigeons-nous? demanda Fang-Tioue, le lieutenant du pirate.

— Vers le golfe du Tonquin.

— Le vent nous est contraire.

— On marchera à la vapeur! répondit Touang-yé-ou, toujours sérieux.

IV. — La piraterie. — Une journée qui commence mal et ne doit pas mieux finir.

A la vapeur! Ce mot sur une jonque annamite peut paraître étrange, moins étrange cependant que la scène qui suivit l'ordre du pirate.

En moins d'une minute, l'élégant pavillon chinois, qui s'élevait au centre du navire, se déplaça brusquement comme glissant sur des rainures invisibles, et, à sa place, apparurent les écoutilles d'une grande chambre de chauffe où brillait la machine d'acier et de cuivre poli; un tuyau de cheminée, dont les différents cylindres s'emboîtaient les uns dans les autres comme les tubes d'une longue vue, s'éleva comme par enchantement et vomit aussitôt de noirs torrents de fumée.

Le navire était sous pression!

Qu'on ne crie pas au miracle! Dans ce pays qui semble voué à une enfance éternelle, qui professe un dédain si systématique pour tout ce qui lui vient de l'Occident, il ne manque pas d'hommes intelligents, audacieux, prêts à tout, et Touang-yé-ou était de ceux-là.

Seulement, nature créée pour le mal, ce n'était qu'au service de ses passions mauvaises, de ses haines atroces qu'il avait employé sa belle intelligence. Tout jeune il avait compris nos admirables inventions, il avait calculé quel parti il en pourrait tirer, et avec une audace qui, pour une autre cause, eut produit des miracles, il s'en était servi.

Son navire avait été construit pour ainsi dire par lui-même, car il avait employé à sa construction des ouvriers ignorants qui ne savaient même pas ce qu'ils faisaient, et pas un clou n'avait été planté, pas une planche taillée sans qu'il ne fût là.

Ce n'était pas tout, à ce navire qui, sous sa forme chinoise, cachait toutes les qualités de nos meilleurs avisos européens, il fallait une machine, les immenses voiles de jonc tressé qui pendaient si lourdement le long des mâts étant là plutôt pour la forme que pour autre chose. Cette difficulté devait être encore vaincue par l'astuce de Touang. On avait bien ri de Saïgon à Hong-Kong, quand on avait appris qu'un riche Chinois — prête nom inconscient de l'Annamite, — avait acheté pour l'adapter à un ascenseur hydraulique, la machine d'un aviso américain qui avait fait côte dans la baie de Tourane : on ne devait pas rire longtemps. Cette machine, on le devine, avait déjà trouvé sa destination.

Le navire construit et prêt à prendre la mer, il avait fallu recruter un équipage. La chose, en elle-même, n'offrait pas de sérieuses difficultés : tous les ports de l'extrême Orient regorgent de forbans, de bandits, de gens sans aveu à qui tous les métiers sont bons. Mais Touang, là encore, s'était montré exigeant. Il voulait un équipage modèle, prêt à tout, ne reculant devant rien, et, par-dessus le marché, dévoué à son capitaine. Cela lui avait pris du temps; mais aussi, quelle belle réunion de coquins! quelles mines patibulaires! quelle riche collection de gibiers de potence! A dire vrai, les races étaient un peu mêlées, et si les matelots et les officiers, pour la plupart, appartenaient à l'Annam et à la Chine, les mécaniciens et les chauffeurs étaient des nègres du plus beau noir qui, venus de l'Amérique pour chercher fortune, avaient fini, de chute en chute, par échouer piteusement sur le pont du pirate.

Cette tourbe cosmopolite avait pourtant une qualité : elle était dévouée à son chef et lui obéissait au moindre signe. Dans le début, il y avait eu des tiraillements, quelques tentatives de rébellion avaient même sourdement fomenté; Touang, qui veillait sans cesse, avait pris le meilleur parti pour faire respecter son autorité un moment méconnue : il avait de sa propre main brûlé la cervelle aux deux plus mutins, et, depuis, son équipage l'adorait...

L'existence de pirates et d'écumeurs des mers en plein dix-neuvième siècle pourrait paraître une invention de romancier. Malheureusement, il n'en est rien. Pas plus que le commerce épouvantable du *bois d'ébène* (1), la piraterie n'a cessé d'exister dans le Pacifique, les mers de la Chine et du Japon. Les côtes si accidentées de l'Annam et du Tonquin sont de véritables repaires de forbans. Cachés derrière les îles basses, les bancs de sable, embusqués au fond des criques, à l'embouchure des rivières où les navires de l'Etat ne peuvent leur donner la chasse, ils ont déclaré aux bâtiments du commerce une guerre sourde, déloyale, sans trêve, sans pitié. Il ne se passe pas d'année où nos avisos ne canonnent, ne coulent à fond des vingtaines de ces jonques de pirates, sans pour cela enrayer le redoutable fléau (2).

La piraterie, d'ailleurs, a toujours été dans les mœurs de ces peuples, et les pirates, surtout dans ces derniers temps, ont toujours pu compter sur deux causes qui rendent leur destruction, sinon impossible, du moins très-difficile : la terreur sacrée qu'ils inspirent au peuple, la protection occulte, mais efficace que leur prêtent les mandarins de tous grades, le souverain même.

Touang, que les navigateurs européens appelaient le

(1) La traite des noirs.

(2) Cela est si vrai, la piraterie est si florissante dans ce pays aimé du soleil que — au moment où nous écrivons ces lignes — le gouvernement a demandé aux Chambres un crédit de deux millions et demi pour réprimer la piraterie et pouvoir tenir la main à l'exécution des traités de 1874 et 1875, conclus avec le royaume annamite.

Pirate invisible et les indigènes le *Dragon-Rouge*, était peut-être le plus fameux des écumeurs de mers qui, en l'an de grâce 1880... désolaient les côtes de l'Annam.

Rapporter les fables et les légendes qui circulaient sur son compte serait chose impossible. La superstition populaire toujours si riche et si inventive l'avait doté d'un vaisseau insubmersible qui marchait — ce qui était un peu vrai — contre vent et marée, et les yeux d'émail du dragon sculpté à sa proue, comme ceux du serpent, fascinaient et attiraient fatalement tous les navires qui passaient dans ses eaux...

Touang — ou plutôt le Dragon-Rouge, car il n'était connu que sous ce nom, — avait — toujours au dire des Annamites — une naissance digne de sa haute réputation : il était fils du diable chinois et de la Discorde; à son gré il pouvait faire naître le calme et la tempête; il nourrissait dans ses entreponts des tigres, des serpents qui combattaient pour lui et égorgeaient ses ennemis; il avait le don de se rendre invisible, que sais-je encore!...

Malheur aux pêcheurs et caboteurs qui, la nuit, voyaient briller sur les flots une lumière rouge ou verte! ils étaient sûrs de devenir la proie du grand dragon.

Aussi les indigènes ne prenaient jamais la mer sans offrir de copieux sacrifices, sans promettre à Bouddha et aux génies de la mer de riches offrandes s'ils écartaient de leur route le redoutable pirate.

Quant à le combattre avec d'autres armes que des pratiques superstitieuses, nul n'y songeait. Seuls les commandants des croiseurs européens avaient essayé de le faire; mais sans succès : le *Dragon-Rouge* justifiait admirablement son surnom d'invisible.

* * *

Le point du jour dans les régions intertropicales a des splendeurs et des éblouissements inconnus dans nos contrées tempérées. Quand le soleil se leva, la jonque mystérieuse semblait voguer dans un véritable océan de feu sur laquelle elle s'accusait vigoureusement en noir.

Cette magie dura peu cependant : les teintes empourprées qui coloraient le ciel au levant pâlirent bientôt et se fondirent dans un bleu lumineux et intense, où flottaient, comme de légères vapeurs, quelques nuages cotonneux; les flots étaient toujours tranquilles, la brise à peine sensible.

La jonque rangeait toujours la côte, laissant à bâbord la magnifique baie de Tourane qui s'enfonce dans les terres comme un golfe ombreux, dominée de toutes parts par de sombres massifs de montagnes et des pics énormes et convulsés. Au fond de la baie, défendue au sud par la presqu'île de Thien-Tcha, au nord par l'îlot rocheux de Coulao-Han, existe une petite ville, appelée aussi Tourane, et qui, en d'autres mains que celles des Annamites, deviendrait promptement un bon port de relâche pour les navires se rendant à Hué ou au Tonquin; car les tempêtes sont fréquentes et terribles sur ces côtes sauvages.

Paul était debout à l'arrière et contemplait, les yeux humides, ce spectacle si vieux, et pourtant toujours si nouveau, de la nature à son réveil. Le lendemain de la scène que nous avons rapportée plus haut, Touang n'avait pas eu de peine à lui faire comprendre combien étaient insensées ses tentatives de rébellion, qui ne pouvaient aboutir qu'à une rigueur que — ajoutait-il — il déplorait, mais ne pouvait empêcher.

Et, comme le jeune homme se récriait, il avait ajouté :

— Calme-toi ! si notre société te répugne, je te promets de te débarquer au Tonquin.

— Cela me suffit.

— ... A moins que tu ne prennes goût à notre vie; avait encore dit Touang avec un sourire gouailleur.

Pour toute réponse, Paul s'était contenté de hausser les épaules.

Il y avait trois jours que nos héros avaient quitté Saïgon, trois jours qu'ils suivaient les côtes de l'Annam, si pittoresques avec leurs chaînes de hautes montagnes couvertes, comme d'un riche velours, d'une verdure éternelle; avec leurs golfes ombreux, leurs criques dominées par des masses granitiques, et toutes tapissées de mousse, leurs rivières cristallines bordées de bambous, de saules chevelus, de jaquiers aux panaches élégants, de palmiers d'eau, de tamariniers, de caramboliers aux troncs festonnés et enguirlandés de lianes et de plantes grimpantes. Ils avaient aperçu des villages dont les grandes cases, groupées au bord des flots, s'élevaient sur pilotis comme des décors fantastiques; mais pas une aventure digne de les arrêter ne s'était offerte encore.

Et voilà que le troisième jour, c'est-à-dire le 21 avril 1880, le matelot, placé en vigie sur la tête du dragon qui servait d'enseigne au sinistre navire, s'écria :

— Voile au loin!

Immédiatement Touang, ou plutôt le Dragon-Rouge, sauta sur le toit du pavillon, sa lorgnette marine à la main.

Son examen ne dura pas longtemps. Brisant avec colère la lorgnette dans sa main crispée, il sauta sur le pont.

— C'est un aviso de guerre! dit-il d'une voix sourde; il se dirige sur nous; nous ne pourrons l'éviter...

— Quel pavillon? demanda Fang-Tioac, le lieutenant du pirate.

— Français! il porte ses couleurs à la corne d'artimon; il est en chasse...

— Un Français! s'écria Paul, un Français! Ah! béni soit Dieu, je serai délivré...

— Et jugé, et condamné, acheva le Dragon-Rouge avec un sourire sarcastique. Mais l'heure n'est pas aux discussions; essayons de lui échapper.

— Forçons de vapeur, proposa Fang-Tioue.

— Inutile! Ma machine, je l'avoue sans honte est incapable de lutter de vitesse avec celle d'un croiseur. Notre seule chance est qu'il ne nous aie pas aperçus; mais j'en doute. En tout cas, mon plan est fait : passer pour une paisible barque de commerce et continuer tranquillement notre chemin. Qu'on éteigne les feux, qu'on hisse les voiles et que la moitié de l'équipage se cache dans l'entre-pont.

Le changement à vue s'opéra avec cette merveilleuse promptitude qui caractérisait toutes les manœuvres des forbans. A un coup de tam-tam les tubes de la cheminée s'emboîtèrent les uns dans les autres, et, glissant sur ses rainures, le petit pavillon vint dissimuler les écoutilles de la chambre de chauffe. Ce n'était pas assez, le dragon sculpté à l'avant disparut pour faire place à un simple magot et la moitié de l'équipage s'enfonça dans les profondeurs du navire.

Paul, le pirate et Fang-Tioue étaient toujours sur le pont.

— Et les canons, ne devons-nous pas les cacher aussi? interrogea Fang-Tioue en montrant les monstres de cuivre brillant parallèlement rangés sur le pont.

— C'est inutile. Si les *barbares* mettent les pieds sur ce navire, quelques précautions que nous ayons prises, ils verront aussitôt ce que nous sommes... voilà ce qu'il ne faut pas. Feignons donc les allures d'un paisible caboteur, et tâchons qu'ils tombent dans le panneau.

— Ces démons se sont arrogés un droit qu'ils appellent le *droit de visite*.

— Je le sais. En ce cas, bataille. Le *Dragon* porte pour

plus d'un million d'or et de marchandises précieuses dans ses flancs... et tout cela irait enrichir nos ennemis?... Non! Périsse mon navire, périsse mon équipage; mais que ces maudits ne profitent pas de nos dépouilles!...

Le navire, objet de tant de haine, avançait toujours. C'était un charmant aviso à vapeur, mâté en trois-mâts-barque et portant huit canons, plus une petite pièce d'acier à longue portée, montée sur pivot à l'avant.

Les couleurs françaises flottaient fièrement agitées par la brise à sa corne d'artimon.

— Le beau navire! murmura Paul.

— Oui, répondit Touang, et tu aimerais mieux être là qu'ici...

Cependant l'aviso se rapprochait de plus en plus, ne paraissant se soucier aucunement de la jonque qui, de son côté, courait hardiment à sa rencontre. Déjà Touang s'applaudissait du succès de son stratagème et de son audace, quand un éclair fulgurant, bien vite suivi d'une détonation, brilla à l'avant de l'aviso, et un boulet vint en ricochant tomber à quelques mètres du *Dragon-Rouge*.

C'était un ordre de mettre en panne.

— La visite! rugit Touang, la visite! jamais!... Autant nous livrer tout de suite, autant leur crier qui nous sommes!... Non!...

— Compte-tu donc résister? fit Paul railleusement.

— J'essayerai d'abord de fuir... Après... Bouddha est puissant...

Paul ne daigna pas répondre et Touang donna l'ordre de virer de bord et d'essayer d'atteindre la côte comme si l'ordre du croiseur ne s'adressait pas à lui; puis la machine fut remise sous pression pour parer à toute éventualité.

De l'aviso on avait vu cette manœuvre qui parut des plus suspectes, car un deuxième boulet, qui, cette fois ne tomba qu'à un mètre du *Dragon-Rouge*, lui intima de nouveau l'ordre de s'arrêter.

— A toute vapeur, rugit Touang, et tâchons de gagner la côte!

L'équipage entier applaudit à cet ordre. Encore une fois la machine fut mise en marche, encore une fois, à la grande stupéfaction du croiseur, la cheminée lança vers le ciel de noirs tourbillons de fumée, panachée de blanc et veinée de lignes de feu. Touang jouait le tout pour le tout; au risque de faire sauter son navire, il ordonnait sans cesse de charger les fourneaux : la vapeur filait de tous côtés rauque, sifflante, éparpillant dans l'espace ses volutes humides; le pont vibrait, tremblait sous les pieds des matelots; la jonque entière semblait gémir, haleter comme un vieux cheval fatigué de la course.

Pourtant, sans efforts apparents, le croiseur gagnait toujours.

— Chauffe! chauffe! tonnait le Dragon-Rouge.

Comme pour répondre à cette bravade, un troisième boulet vint tomber sur le pont, tuant ou blessant deux hommes et brisant un mât.

— Touang, dit Paul avec calme, cette fois vous êtes bien perdus, toi et les tiens; le *Dragon-Rouge* ne mordra plus personne.

— Malédiction! hurla le pirate. Si je pouvais seulement gagner la côte, m'embouquer dans une des mille petites rivières qui se jettent dans la mer, m'échouer sur un banc de vase derrière les bambous et les palétuviers, je serais sauvé!

— Trop tard!

Oui, trop tard! le croiseur gagnait, gagnait toujours... Et la terre apparaissait à un mille à peine, toute verte sous ses opulentes feuillées, ses rochers tapissés de mousse et de plantes grimpantes, que l'écume des cascades et des rivières brodait d'une riche dentelle d'argent! La terre! le salut pour les forbans!...

Et ne pouvoir l'atteindre!...

Touang, la face horriblement pâle et convulsée, les yeux brillants d'un feu ardent, était effrayant à voir. C'était sa fortune, c'était sa vie qui allaient se jouer dans quelques instants. Puis, son navire était confisqué, ses jours mis en péril; car si les croiseurs français n'ont pas ordinairement les coutumes expéditives des Anglais, qui, eux, tiennent toujours une corde suivée et un bout de vergue à la disposition de MM. les pirates, négriers et autres, il savait bien ce qui l'attendait à Saïgon : la prison, le conseil de guerre, et, enfin, la mort.

Perspective, on en conviendra, fort peu récréative, même pour un pirate. Aussi était-il décidé à tout, même au combat, plutôt que de se rendre.

La côte était son unique planche de salut; là, il connaissait des rivières et des lagunes profondes, où le croiseur ne pourrait le poursuivre; il était sûr de l'appui moral des riverains, du concours actif des petits mandarins épars dans les villages pour qui, soustraire un coupable à la justice française était, — tant ils sont stupides — un acte de haute politique. Mais cette côte, encore une fois, il fallait l'atteindre.

La jonque fatiguait horriblement; elle suait pour ainsi dire la vapeur par tous les pores, tant cette course vertigineuse, effrayante, était peu dans ses habitudes; sa vieille machine, chauffée à blanc, toussait, crachait, hurlait; le pont avait des trépidations inquiétantes.

Qu'importe! on arriverait.

Mais voilà que, tout à coup, le croiseur, comprenant cette manœuvre, força aussi ses feux, et, décrivant habilement un immense arc de cercle, vint se placer entre le pirate et la terre, lui coupant ainsi son unique chance de retraite.

La situation se compliquait de plus en plus.

L'équipage était atterré.

Alors, Touang se redressa; une flamme verte passa dans son regard; son visage sombre, ardent, prit une expression satanique et un cri de rage sortit comme un rauque rugissement de ses lèvres crispées.

— Ils l'ont voulu, dit-il, nous nous battrons ! Que Bouddha combatte pour ses enfants et leur donne la victoire. Meurent les ennemis de notre pays ! meurent ces chrétiens maudits, ces oppresseurs de la race annamite ! Bataille !!!...

Un grand cri répondit à ces paroles; en moins d'une minute les sabords admirablement masqués, quand le *Dragon-Rouge* voyageait sous l'aspect d'un paisible caboteur, furent ouverts et livrèrent passage à vingt gueules de canons.

Silencieusement, mais en ordre, une partie de l'équipage se rangea derrière les pièces pendant que l'autre s'armait de fusils, de pistolets et de poignards.

Les canons étaient chargés, la bataille allait s'engager.

— Feu ! cria le Dragon-Rouge.

Mais une main se posa sur sa bouche, et une voix dit avec un accent de froide résolution :

— Arrêtez !

C'était Paul ! Tous les regards se portèrent sur lui, il reprit :

— Quelles sont vos intentions? Croyez-vous, vous bandits, vous rebut de la nation annamite, avec votre misérable barque, vos canons d'un autre âge, tenir tête, vaincre ce navire construit en fer, cet équipage de marins d'élites, car ils sont Français !... le tenter serait folie...

Quelques sourdes rumeurs accueillirent ces paroles.

— Folie! murmura Touang, folie!... soit! Mais avant de mourir nous aurons satisfait notre haine... Coup pour coup, homme pour homme, et si nous succombons ce ne sera pas sans avoir chèrement vendu notre vie!... Oh! d'ici quelques heures il y aura beau carnage! les requins trouveront une abondante pâture!...

Un nouveau boulet s'abattit sur le pont qu'il défonça en partie.

— Coup pour coup! répéta Touang avec un rire sardonique.

Un pirate approchait le boute-feu de la lumière d'une pièce; plus prompt que l'éclair, Paul le lui arracha, le jeta sur le pont et l'éteignit sous son pied.

— Non, dit-il, moi, vivant, pas un boulet n'effleurera la carène de ce navire qui représente la patrie à mes yeux. Et vous voulez que je m'associe à une pareille infamie?... jamais!... Lâches, sans cœur, gibier promis au bourreau, que ne faites-vous sauter votre navire?... Vous voulez mourir eh bien! mourrez bravement!...

— Et toi, s'écria Fang-Tioue, vas nous préparer le chemin!...

Il fit un signe : quatre hommes s'élancèrent, saisirent le jeune homme, et, le balançant un moment, le précipitèrent par-dessus le bord.

— Arrêtez! cria le Dragon-Rouge.

Trop tard, Paul avait déjà disparu sous les flots.

Le fracas de l'artillerie couvrit ses cris suprêmes; la lutte était engagée. Comme un dernier défi, au pavillon français, les pirates opposèrent leur horrible drapeau, jaune comme celui de l'Annam, sur lequel se détachait en rouge un dragon monstrueux.

De part et d'autre on se canonnait sans trêve, sans

relâche. Les flots étaient bleus et calmes pourtant, le ciel pur et resplendissant : c'était un jour radieux.

Et l'œuvre de mort et de destruction se continuait, et les deux navires, perdus dans un sombre linceul de fumée que balayait la brise, ne s'apercevaient plus qu'à la lueur des éclairs sinistres que vomissaient à chaque minute leurs sabords béants!...

V. — L'Annam et la société annamite.

Avant d'aller plus loin, nous croyons nécessaire de résumer en quelques lignes les détails donnés par les voyageurs les plus autorisés sur le pays où vont se dénouer les principales scènes du drame que nous avons entrepris de raconter.

Si l'on prend une carte, on reconnaît bien vite que l'empire d'Annam, l'un des plus puissants États de l'Indo-Chine, si ce n'est le plus grand, figure une étroite bande de terre, courant sinueuse et accidentée des frontières de la basse Cochinchine à celles de la Chine.

Ses bornes naturelles sont : dans la direction nord-est, la mer de Chine et le golfe du Tonquin; dans la direction nord-ouest, l'immense chaîne de montagnes qui sert de ligne de partage aux eaux de cette région, et dont les confins sont habités par des tribus indépendantes ou à peu près, les *Moïs* sauvages.

L'Annam, grâce à sa configuration, est donc un pays essentiellement montagneux, accidenté surtout dans le sud, où les collines rocheuses baignent souvent leurs bases dans les flots, laissant entre elles d'étroits vallons, où se développe une flore d'une splendide richesse, exubérante de sève et de vigueur.

Ailleurs existent de belles plaines. Là, sous l'ombrage des tracs, des ébéniers, des manguiers, des jaquiers aux gracieux panaches, des tamariniers, des *bo-dé* — arbres qui, comme le baobab africain, laissent retomber de tous côtés leurs branches flexibles, de façon que chaque arbre forme une petite forêt — des aréquiers qui fournissent la noix si précieuse aux chiqueurs de bétel, des *Cay-ban* aux splendides parasols, des *Cay-schen* ou chênes annamites, etc... se groupent des villages, des petites villes que gouverne la *Cadouille* (1) d'un mandarin despotique.

Ailleurs encore sont des rizières immenses, des *bayous* (2) vaseux, où croissent pêle-mêle le jonc et le bambou, le palmier d'eau et le cotonnier aux grappes d'un blanc d'argent, que fréquentent le flamand rose ou gris, l'ibis religieux, le pélican, le martin-pêcheur, le canard sauvage, etc... et, tandis que le pin au sombre feuillage, le mélèze, le cyprès couronnent les hauteurs, sur les pentes exposées au midi s'enchevêtrent dans un fouillis pittoresque l'oranger, le citronnier, le bananier, d'énormes massifs de camélias rouges ou blancs, de nombreux buissons chargés de fleurs aux couleurs éclatantes, aux parfums enivrants.

C'est le paradis des oiseaux les plus gracieux, des singes les plus lestes.

Au centre, au contraire, contraste étrange, on trouve de grandes plaines de sable mouvant, Saharas en miniatures

(1) Rotin. On donne aussi ce nom à la bastonnade, supplice fort usité en Annam parce que c'est le rotin ou *cadouille* qui sert à l'exécuteur pour l'appliquer.

(2) Lagunes vaseuses.

avec leurs dunes mobiles que le vent modifie et déplace sans cesse.

Quoique resserrée, nous l'avons dit, entre sa haute barrière de montagnes d'une part, la mer de Chine de l'autre, la superficie de l'Annam égale, si elle ne la dépasse, celle de la France; mais sa population — et quelle population! dix-sept ou dix-huit millions d'habitants au plus, — est loin de répondre à une telle étendue, et on peut marcher des journées entières dans certaines parties de l'empire sans rencontrer une maison ou même une créature humaine.

D'immenses espaces sont abandonnés aux fauves, tigres et panthères, aux éléphants venus de Siam ou du Laos, aux buffles sauvages qui vaguent un peu partout en troupeaux nombreux.

L'agriculture est aussi fort négligée, sauf aux abords des grands centres où l'on cultive le riz, le maïs, la canne à sucre, le thé, le mûrier, les plantes potagères en aussi grande quantité que possible. L'Annam, dans sa plus grande partie, est pourtant fertile; les arbres y sont magnifiques, le tabac, la canelle, le giroflier, les fruits d'Europe y viennent sans beaucoup de soins à côté des productions indigènes; les forêts fourmillent d'herbes médicinales et tinctoriales, de lianes d'où découle une cire naturelle, trésors dont on pourrait tirer un immense parti.

D'un autre côté le commerce des pelleteries, des porcelaines, des bibelots en laque, en ébène et en ivoire, des soies, des plumes pourrait, sous une direction intelligente, prendre un développement plus considérable.

Enfin les montagnes si nombreuses de l'Annam renferment toutes des trésors métallurgiques encore inexploités; il ne faudrait pas faire de grandes recherches pour découvrir de la houille, ce combustible si précieux, devenu aujourd'hui presque indispensable.

Eh bien! malgré toutes ces richesses que la nature offre pour ainsi dire à profusion, l'Annam est misérable, plus misérable que la Chine sa voisine. A quoi tient cet état de chose? A la paresse peut-être, mais bien plus encore au mode défectueux de gouvernement. Comme le Chinois, l'Annamite est avare, cupide, et si un travail opiniâtre pouvait l'enrichir, il y consacrerait sans hésiter son temps et son intelligence. Mais à quoi bon! son travail ne profiterait d'abord qu'au roi qui l'écraserait d'impôts, aux mandarins qui le pressureraient comme une éponge pleine, l'accableraient de taxes fantaisistes. Il le sait, et, puisque ses efforts ne peuvent lui profiter, il se complait dans sa paresse nonchalante, heureux s'il peut se procurer chaque jour quelques épis de riz ou de maïs, une tasse de thé, un peu de tabac et s'il n'est pas par trop battu.

Or, un pays doté d'un tel gouvernement est bien voisin de l'anarchie. Pas d'intérêt général : chacun pense à soi, vit pour soi. La patrie! ce mot qui, partout, fait si ardemment battre les cœurs, dans lequel s'identifient les plus nobles, les plus pures aspirations de l'homme, est inconnu des Annamites. Seulement ils ont remplacé le patriotisme par un autre sentiment : la haine de l'étranger que, dans leur orgueilleuse folie, ils qualifient de *barbare*, et cela depuis des siècles!... Qu'importent nos excellentes et toujours pacifiques intentions! Qu'importent les merveilleuses inventions nées des progrès que nous essayons de faire pénétrer chez ces peuples arriérés! nous sommes toujours les *barbares!...* Ils nous supportent parce qu'ils nous craignent; mais que, pour une cause ou pour une autre, cette crainte salutaire vienne à s'effacer, nous les verrons jeter à terre leur masque d'hypocrisie et se camper résolûment en travers de notre chemin...

A toutes nos avances, à toutes nos justes revendications,

ils n'ont jamais opposé qu'une force ; mais une force capable d'entraver les meilleures résolutions, d'enrayer à jamais toute marche progressive : l'inertie...

Nous avons vu à peu près ce qu'était le pays; étudions maintenant les hommes, leur valeur intellectuelle et morale, leur religion, leur organisation politique enfin.

Cette deuxième étude, que nous rendrons aussi sommaire que possible, est le complément obligé de la première.

***

L'Annamite appartient évidemment à la race chinoise avec laquelle, malgré de nombreuses altérations et sa dégradation actuelle, il conserve encore des points importants de ressemblance. L'homme est petit, la femme l'est encore davantage; il faut le dire, le type est loin d'être beau, et le costume, à peu près uniforme pour les deux sexes, n'est pas non plus de nature à lui donner ce prestige un peu théâtral, mais noble et digne souvent, qui semble le partage des peuples de l'extrême Orient.

Sous une robe de soie pour les uns, de coton pour les autres — la femme la porte plus longue que l'homme — l'Annamite cache une structure grêle, presque difforme. Sa tête, entourée d'une sorte de turban, cachée sous un grand chapeau conique, est large, plate; les pommettes osseuses font seules saillie, car le nez s'écrase pour ainsi dire sur le visage; la bouche est grande, mais affreuse avec ses lèvres suintant le sang et ses dents noircies; les yeux sont petits et bridés à la chinoise, mais brillant d'astuce et de cupidité quand l'usage malheureusement trop répandu de l'opium ne les a pas rendu ternes, hébétés, sans expression.

Ce que nous disons ici concerne principalement la classe

moyenne, la *bourgeoisie*, si ce mot peut être accepté. Les mandarins, les grands seigneurs affectent plus de faste dans leur mise, de politesse dans leurs manières; quant au reste de la population, l'état d'abrutissement et d'abjection dans lequel on le retient systématiquement défie toute description.

Le portrait trop célèbre que La Bruyère traça autrefois des paysans, ses contemporains, trouverait, hélas! son application ici. En effet, sont-ce des êtres intelligents ou des animaux que l'on voit se traîner partout sales, infestés de vermines, couvrant à peine leur hideuse nudité d'un court caleçon de toile, leurs têtes abruties d'un grand chapeau de paille, et, malgré cette misère et ce dénûment atroces, jouant de l'éventail à chaque minute avec une gravité qui serait risible si elle n'était aussi attristante; courant, dès qu'ils ont gagné quelques *sapékes*, noyer dans des flots d'eau-de-vie de riz, le peu de raison qui leur reste?...

Et leurs demeures! Si les mandarins et les bourgeois habitent de coquettes maisons chinoises, des cases confortables, bien aérées, bien éclairées, les gens du peuple se retirent le soir dans d'immondes tanières où pullule la vermine, où couchent chiens et pourceaux pêle-mêle avec eux; huttes construites avec de la boue, des roseaux et quelquefois s élevées sur pilotis, sur la vase infecte de quelque lagune

Voilà où ils naissent, vivent et meurent, trop heureux encore si l'avarice de quelque petit tyran de village leur laisse de quoi ne pas mourir tout à fait de faim.

Et, pourtant, détail touchant qui montre combien ce peuple, mieux dirigé, serait susceptible de régénération, c'est le culte pieux qu'il voue aux ancêtres, ce sont les petites statuettes, les images des dieux lares — *Tiane Fou*, — qui se rencontrent même dans les plus misérables demeures.

D'autres vivent sur les flots ou sur les rivières, n'ayant d'autre habitation que leurs lourds *sampangs*. Ils semblent encore plus malheureux que leurs frères de la terre ferme, et pourtant leur existence est mille fois préférable. La mer est là qui les nourrit, leur donne parfois l'abondance; loin du rivage, sur ces flots bleus où n'apparaît aucun objet attristant, ils oublient leur condition précaire, ils se trouvent presque heureux, car leur famille les entoure et la *cadouille* du mandarin ne peut les atteindre.

La *cadouille!* voilà après *Tu-Duc,* peut-être même avant Tu-Duc, le vrai souverain de l'Annam; c'est avec elle que se mène tout le peuple, depuis le dernier *coolie,* jusqu'au premier ministre... Etrange moyen gouvernemental qui, seul, à défaut d'autres preuves, suffirait pour montrer à quel degré de dégradation est tombé ce malheureux peuple.

Quand l'homme perd toute notion du bien et du mal, quand il n'a plus le sentiment de sa dignité, quand il ne craint qu'une chose, le châtiment, son heure est bien proche; il a fait son temps et doit s'effacer pour laisser la place à un autre mieux inspiré. Les nations sont comme les hommes; il est un degré d'avilissement, de corruption morale qu'elles ne peuvent dépasser : quoi d'étonnant alors que les trônes s'effondrent, que les empires s'écroulent?...

Tel est aujourd'hui l'état de l'empire annamite, état attristant à tous égards. En voulant toujours rester stationnaire, vivre dans le passé, tandis que les autres nations marchent courageusement en avant, le regard fixé sur l'avenir radieux; en éliminant systématiquement toute influence étrangère, en repoussant, en craignant comme on craint la peste, toutes les inventions, toutes les découvertes modernes, ce peuple a lui-même signé son arrêt : il doit fatalement disparaître.

En effet, quelle est sa mission ici-bas? Quelle cause utile sert-il de son influence, de son génie? Quel est son rôle dans le grand concert des nations?

Ignorance, haine, basse servitude, ténèbres et mauvaise loi : voilà son bilan!

La puissance souveraine est en Annam, ce qu'elle est dans tous les pays demi-barbares de l'extrême Orient. Le roi n'est pas un homme, c'est un demi-dieu, un être d'une essence supérieure que le vulgaire ne peut apercevoir, mais qu'il vénère, qu'il adore à cause même de son invisibilité. Retiré au fond de ses palais merveilleux, vivant dans une oisiveté royale, au milieu de ses femmes, de ses courtisans, des soldats qui veillent à sa sûreté, il ne connaît aucun des besoins de son peuple, peuple d'esclave, d'ailleurs, et qui n'oserait jamais se plaindre; il n'entend que sa louange éternelle, que des flatteries et de basses adulations.

Là, dans ce cercle restreint, son autorité est sans borne, il peut à son gré élever ou abaisser, punir ou pardonner...

Mais, en est-il de même dans le gouvernement réel? Là, le souverain est une idole que l'on encense, mais que l'on ne consulte que pour la forme. Et cela se comprend : vivant séparé de la foule à tel point que, s'il se rend à ses bains royaux, s'il parcourt les rues de sa capitale, s'il promène son splendide navire sur les eaux de ses fleuves, des régiments entiers le précèdent et le suivent empêchant toute communication entre sa gracieuse personne et la tourbe des esclaves; il ne peut connaître que ce qu'on veut bien ne pas lui laisser ignorer.

Et, c'est toujours ainsi. Partout sur son passage les fronts se courbent, écrasés, humiliés : l'idole a passé, mais personne ne l'a vue...

L'autorité est tout entière entre les mains des mandarins, ministres avec ou sans portefeuille, tyrans au petit pied, qui, sous prétexte de prospérité et de bien public, ne font que contenter leurs basses ambitions et assouvir cette hideuse avarice qui semble la passion dominante de toutes les races asiatiques. Le souverain, entre leurs mains, n'est qu'une marionnette qu'ils font agir et parler à leur gré. Point de contrôle pour eux, point de responsabilité non plus : plaire au maître, le circonvenir, ne reculer devant aucune bassesse pour endormir sa défiance soupçonneuse, écarter les rivaux qui pourraient devenir dangereux, voilà la ligne de conduite qu'ils doivent adopter et suivre sans s'en écarter jamais.

Mais la faveur souveraine est changeante comme l'onde, et on a vu des ministres et de hauts officiers, sur un simple soupçon, mis à mort ou fouettés comme de simples *coolies*.

La *cadouille* et le sabre du bourreau, voilà les deux écueils entre lesquels l'Annamite doit louvoyer sans cesse.

Aussi les plus adroits, sinon les plus ambitieux, préfèrent à un poste à la cour quelque grasse province dont les habitants sont taillables et corvéables à merci, qu'ils peuvent épuiser et administrer à leur guise, et où, luxe sans pareil! ils ont droit à trois ou quatre parasols de la plus noble envergure...

L'armée annamite, bien que nombreuse, ne sera jamais un obstacle sérieux à opposer à la moindre puissance européenne qui voudrait réellement tenter la conquête des pays. Rangés en bataille, leurs lances, leurs sabres à la lame large et plate étincelant au soleil, vêtus de courtes tuniques bordées d'étoffes voyantes, ornées sur le dos et la poitrine de dessins fantastiques, le petit chapeau conique incliné sur l'oreille, l'inséparable éventail suspendu au côté, les soldats annamites peuvent faire bonne figure, surtout s'ils simulent un de leurs exercices guerriers, alors que la poudre tonne, que d'énormes éléphants, militairement équipés, courent au milieu du feu et de la fumée. Mais, vus isolément, les guerriers annamites tiennent plus du *clown* de cirque, que du vrai troupier : leurs armes sont sales, mal entretenues, leurs vêtements en lambeaux, leur équipement insuffisant, car la moitié à peine est armée de fusils. On dirait alors ces figurants de nos théâtres qui, entourés du prestige de la mise en scène, éclairés par les mille flammes des lustres et de la rampe, apparaissent éclatants d'or et de couleur, mais qui, retirés dans les coulisses, n'étalent plus que des haillons ternis et crasseux.

Dans ce beau pays où tout s'effondre, tout s'écroule grâce à l'incurie des gouvernants et à la nonchalance coupable du peuple, la marine n'est pas mieux traitée que l'armée. Les ports cependant ne font pas défaut, et, avec un peu de travail, deviendraient sûrs et commodes; diverses puissances européennes ont cédé à Tu-Duc des avisos à vapeur, encouragé des officiers de choix à les monter, à former des équipages; rien n'y a fait, et les officiers, les mécaniciens qui s'étaient si généreusement dévoués, se sont vus traités en ennemis par les matelots placés sous leurs ordres, avec une défiance injurieuse par les mandarins et le reste du peuple.

D'ailleurs, ce qui rend leur dévouement plus méritoire, ils devaient s'y attendre. Compter sur la reconnaissance d'un Chinois ou d'un Annamite, serait plus que de la simplicité, ce serait de la folie. Tant qu'ils ont intérêt à vous duper, tant qu'ils vous craignent, ces gens sont d'une bassesse et d'une servilité repoussantes; mais dès que cesse le motif qui les guidait, crainte ou nécessité, bien vite ils jettent le masque, et leur arrogance, leur mépris pour les Occidentaux apparaissent de nouveau.

***

Parler de l'Annam sans dire quelques mots de sa religion, serait laisser incomplète cette courte étude.

Quant à la justice, nous n'en parlerons pas, car elle n'existe pour ainsi dire pas. Il y a bien des lois, des règlements, mais qui les applique, qui se donne la peine de les étudier? Il est bien plus commode de juger selon son caprice, d'accepter les offrandes, les présents des coupables de la haute classe, de colorer ses haines et ses exactions d'un semblant de légalité...

Les Annamites, qui ont emprunté tant de choses aux Chinois, leurs voisins, devaient fatalement les suivre dans leurs errements religieux, et accorder droit de cité à tous leurs dieux, demi-dieux et innombrables génies. Mais le culte de Bouddha est le plus répandu, c'est-à-dire qu'il est le culte officiel, celui qu'on suit par habitude plutôt que par conviction, car la divinité réelle, celle d'où émanent toutes faveurs, tous châtiments, se trouve personnifiée dans un seul être : le roi.

La morale de Confucius, trop austère, n'a que de rares adeptes sur cette terre des jouissances sensuelles et matérielles, dans ce pays vicié et gangrené jusqu'à la moelle.

Les bonzes forment une classe puissante dans l'Etat. Méprisés des grands, craints des petits, ils ont voix délibérante partout, et, au moyen de leurs jongleries, des grotesques mensonges qu'ils débitent avec un sérieux imperturbable, des prétendus faveurs célestes dont ils se disent les dispensateurs, ils ont admirablement su se rendre nécessaires, aussi bien au redoutable Tu-Duc, qu'au dernier des bateliers.

Nous n'essayerons pas ici d'analyser cette religion toute de surface, incapable d'inspirer et d'élever l'homme, mais qui le façonne à son gré et l'habitue à toujours ramper, à s'annihiler devant une puissance supérieure; cela nous entraînerait hors du cadre que nous nous sommes tracé.

Du reste, il est temps de nous arrêter. Ce léger aperçu où

nous nous sommes efforcé de rester véridique, de juger sans parti pris, sans prévention, est suffisant pour donner une idée à nos jeunes lecteurs du pays, et du milieu où se meuvent nos personnages.

Rejoignons-les sans plus tarder.

VI. — Les pilleurs d'épaves sur les côtes de l'Annam. — Complications inattendues.

Le soleil de midi éclairait splendidement la mer toute bleue, où n'apparaissait aucune ride, aucune ondulation, où tout était calme et silence. Ce repos qui planait sur la nature avait quelque chose de grandiose et de solennel à la fois. On eût pu se croire aux premiers jours de la création : la côte qui se profilait au loin en bleu sombre sur l'azur intense du ciel paraissait complètement déserte; aucune jonque sur les flots, aucune voile à l'horizon...

Seuls quelques mouettes et quelques goëlands aux longues ailes se poursuivaient et rasant le flot dans leur vol rapide en poussaient des cris aigus et sauvages.

Qu'était devenu le navire pirate, le *Dragon-Rouge* qui, tout à l'heure, sillonnait si fièrement les flots? Qu'était devenu le croiseur français?

Aucune trace du combat... La mer, comme un vaste sépulcre, s'était-elle entr'ouverte pour engloutir les deux rivaux? l'infâme jonque annamite avait-elle échappé à la poursuite de l'aviso français?...

Mystère!

Tout à coup un misérable *sampang*, fait de quelques planches pourries et mal assemblées, émergea de l'ombre épaisse que projetait le sommet des rochers qui, en cet endroit, hérissent la côte annamite, et parut vouloir se diriger vers la haute mer.

Cette barque primitive portait toute une famille, deux familles même en ce sens qu'elle avait pour propriétaires Than-Miao et Gia-Lin, deux frères, qui avaient associé leur fortune, fortune bien modeste, car elle ne se composait que de la barque et de quelques vieux filets.

En revanche, chacun possédait une femme et deux ou trois enfants, pauvres petites créatures, sales, laides, nues, barbotant pêle-mêle, filles et garçons dans l'eau fétide qui croupissait au fond de l'embarcation.

Le matin, en entendant la grande voix du canon, les habitants des villages du littoral s'étaient hâtés de rentrer leurs barques et de regagner leurs misérables *paillottes* (1). Une descente de pirates n'était pas chose rare dans ces parages, et chacun se dépêchait de mettre à l'abri tout ce qu'il possédait. Mais non, ce n'était pas une descente, c'était un combat que se livraient deux navires! Alors, avec cette mobilité d'esprit particulière aux races voisines de l'enfance, les Annamites passèrent subitement de la terreur à la joie la plus délirante.

— Un combat! un combat! disaient-ils. Que Bouddha nous protège; il y aura des épaves à recueillir, des cadavres à dépouiller!...

Gia-Lin et Miao, les plus pauvres, étaient les plus enragés à la curée. Dévançant leurs camarades, ils avaient mis à l'eau leur informe barque, préférant choisir au large que de se disputer sur la grève les épaves que leur jetterait le flot.

(1) Cases en paille.

La brise était muette; hommes et femmes attelés aux avirons nageaient sans relâche; la sueur leur découlait du front, mouillant les haillons qui couvraient à peine leurs membres grêles et brûlés du soleil; les enfants piaillaient et se disputaient.

— Nous sommes les premiers, frère, dit tout à coup Gia en laissant son aviron; à nous le choix! Qui sait si nous ne rencontrerons pas des ballots d'étoffes précieuses, des tonneaux de vin ou d'eau-de-vie, des naufragés cramponnés à une épave et portant toute leur fortune sur eux?...

En même temps il caressait le manche d'un couteau caché sous ses haillons.

Mais, aussi loin que le regard pouvait s'étendre, rien n'apparaissait sur les flots.

— Non, répondit Than en hochant tristement la tête; le combat s'est livré trop loin des côtes, et la mer a tout englouti.

— C'est vrai, et pourtant il est étrange que rien n'apparaisse à la surface, pas un débris de mât, pas une planche, pas un cadavre!...

— Peut-être, dit alors une des femmes, peut-être le vaincu s'est-il réfugié dans une des criques, dans une des baies de la côte où le vainqueur n'a pas osé le poursuivre...

— Il l'aurait bloqué du large.

Tout, en effet, paraissait étrange dans cette affaire. Un combat même sur mer laisse toujours des traces, et, à défaut des objets pesants, que leur propre poids entraîne forcément au fond, mille débris légers, comme le disait Gia, planches, caisses, petits ballots, restes de mâture et de canots flottent longtemps soulevés par la houle.

Et ici, rien.

Or, seule l'hypothèse de la femme était admissible : il

fallait pour rester dans le vraisemblable que l'un des navires, démâté, désemparé, se fut réfugié au fond d'une baie, dans les eaux d'une rivière peu profonde, où il était impossible à son ennemi de lui donner la chasse.

Les sinistres espérances des pilleurs d'épaves étaient détruites.

Soudain, Than poussa un cri.

— Là! dit-il, en étendant la main vers un objet qui flottait. Quelque chose!

Tous les regards se fixèrent dans la direction qu'il indiquait. Quelque chose en effet flottait du côté de terre, emporté par un courant rapide.

De loin il était impossible de reconnaître la nature de cette épave qui filait avec une rapidité vertigineuse. Mais, si sa forme échappait encore aux regards anxieux des Annamites, on pouvait distinguer sa couleur, couleur d'un rouge sombre, uniforme, et les rayons du soleil qui s'y réfléchissaient en arrachaient des éclairs sanglants.

De l'avis de Than, néanmoins, ce ne pouvait être qu'un de ces grands coffres que l'épais vernis qui les recouvre rend impénétrables, et qui servent à serrer les objets précieux, l'or souvent...

— En avant! s'écria-t-il, en saisissant avec une énergie fébrile son lourd aviron; en avant! Bouddha protége ses enfants, il leur envoie la fortune!...

— En avant! répétèrent hommes et femmes électrisés.

Et la barque, volant sur les flots, entra bientôt dans le courant qui emportait cet objet inconnu encore, et néanmoins but de tant de convoitises. La distance entre la barque et l'épave diminuait sensiblement. Soudain les rameurs s'arrêtèrent :

Ce qu'ils avaient pris pour un coffre gorgé de richesses,

était tout simplement un dragon taillé dans une énorme pièce de bois et entièrement badigeonné de rouge.

L'enseigne des pirates!...

— Le *Dragon-Rouge!* firent-ils plein d'effroi.

Et, dominés par une terreur superstitieuse, ils abandonnèrent la direction de leur barque qui filait, entraînée dans le même courant que l'épave sinistre.

Alors ils eurent l'explication de leurs déboires, car, quelques minutes après, ils se virent entourés de débris de toutes sortes courant à la surface, glissant entre deux eaux, tous suivaient la même direction, tous avaient été saisis par un de ces grands courants si commun dans ces parages, et allaient s'échouer au loin.

La vue de toutes ces richesses qu'ils n'avaient qu'à étendre la main pour saisir, calma comme par enchantement la crainte superstitieuse des Annamites.

— A nous! à nous! criaient-ils en se penchant tous du même côté au risque de faire chavirer la fragile embarcation.

Gia, le premier, revint de cette effervescence.

— A quoi bon nous fatiguer à ramasser tous ces débris que nous sommes sûrs de retrouver sur le rivage? fit-il en se fourrant dans la bouche une énorme chique de chaux, de tabac et de noix d'arec, roulée dans une feuille de bétel. Remercions les dieux qui nous ont protégés et contentons-nous de ramasser les objets qui nous paraîtront les plus précieux...

En même temps s'agenouillant devant les idoles placées à l'arrière du bateau dans le trou infect, qui servait de chambre et de cuisine, il fit flamber deux ou trois feuilles de papier doré et couvert de sentences, murmura quelques paroles inintelligibles, et se releva persuadé qu'il avait fait là un acte agréable aux divinités.

Toute la famille l'avait servilement imité. Maintenant la tristesse était bannie, la joie régnait sans partage : hommes, femmes, enfants fumaient des cigarettes, éjectaient de tous côtés leur salive sanglante; les grands babillaient, et les petits, étonnés de n'être pas battus et injuriés sans motif, joignaient leurs glapissements aigus aux folles paroles de leurs parents.

Moins d'une heure après, la barque abordait heureusement au fond d'une petite crique, large d'une centaine de mètres environ, qu'on apercevait à peine au milieu d'un fouillis exubérant d'arbres et de plantes grimpantes qui l'environnaient de toutes parts.

Les Annamites ne s'étaient pas trompés dans leurs prévisions; le courant filait dans cette direction, et le flot aidant — la mer montait — toutes les épaves faisaient côte au fond de cette crique.

— A l'œuvre! dit Gia joyeusement. Choisissons ce qui nous convient avant que les mandarins accourent. Ces chiens ont le nez fin, et s'ils arrivaient avant que nous ayons mis notre butin à l'abri...

— Ils nous prendraient tout! interrompit Than qui, comme on le voit, avait bonne opinion des autorités de son pays.

— Et nous pourrions nous estimer heureux encore s'ils ne nous faisaient pas donner la *cadouille!* acheva Gia. La *cadouille* pas encore; mais ces richesses, elles sont à nous, et personne, mandarins ou soldats, ne nous les prendra...

— A l'œuvre donc! dirent les femmes aussi avides à la curée que leurs dignes maris.

Mais il était dit que l'œuvre de pillage ne se consommerait pas, ce jour là du moins : à peine les femmes avaient-elles commencé à recueillir les ballots épars sur la grève, à repôcher ceux qui flottaient encore, que Gia, saisissant brusquement la main de son frère, lui dit :

— Regarde!...

En même temps il lui montrait, à quelques pas de là, un homme étendu sur l'herbe épaisse et à moitié caché par les lianes en fleurs qui descendaient, comme de gracieuses banderolles, des branches de tous les arbres.

— Un marin d'un des deux navires! dit Thân. Son cadavre plutôt...

— Non, car s'il était mort, son corps serait resté sur la grève... Cet homme a sans doute réussi à s'échapper à la nage ; la lassitude l'a pris et il s'est couché au pied d'un arbre pour dormir.

— Il va nous disputer notre butin...

— De lui, nous n'avons rien à craindre, répondit Gia.

Et, avec un geste farouche, mais résolu, il tira de sa ceinture un couteau à la lame plate et tranchante.

— Il mourra avant, reprit-il. Nous sommes seuls! qui nous empêche de rendre son corps aux flots où les requins se chargeront de sa sépulture?... Et, s'il reparaît, qui saura qui l'a frappé?...

Les deux hommes échangèrent un regard où le crime était résolu; puis, courbés en deux, le poignard à la main, ils s'avancèrent comme des reptiles, évitant de froisser les herbes, de faire craquer les branches sèches sous leurs pieds nus.

Soudain ils s'arrêtèrent. Le dormeur venait de faire un mouvement; puis, se dressant sur son séant, il se frotta énergiquement les yeux et regarda devant lui.

— En avant! hurlèrent les deux assassins.

Un grognement sinistre leur répondit... Éperdus, ils relevèrent la tête et reculèrent en poussant un cri de stupeur.

— Un tigre!...

Dans les basses branches d'un guian énorme et deux fois séculaire, un tigre royal était accroupi couvant le dormeur de son regard magnétique. Son corps presque tout entier se dérobait dans l'épaisseur du feuillage; seul apparaissait son énorme mufle où brillaient des prunelles de feu, et sa grosse langue sensuelle caressait amoureusement ses babines sanglantes.

Dérangé dans sa contemplation gastronomique par l'arrivée inopinée des deux assassins, il avait poussé ce cri terrible qui leur avait donné l'éveil.

Les bandits généralement sont lâches. Aussi, abandonnant les couteaux qu'ils tenaient à la main, les Annamites appelèrent précipitamment leurs femmes et leurs enfants, et sautèrent dans le sampang qui s'éloigna à force de rames. L'inconnu était seul; mais, lui aussi, il avait entendu la voix du tigre, et, brusquement il avait bondi en arrière en criant :

— A moi!...

Aucun cri ne répondit à son appel; il était abandonné, et le fauve, lassé d'attendre, se repliait sur ses jarrets d'acier pour bondir.

— Pas une arme! s'écria le malheureux. Il faut donc mourir!...

Il s'interrompit, et sa main, qu'il plongea sous la longue robe annamite qu'il portait, reparut armée d'un revolver. Rapidement il visa le tigre, qui avait déjà gagné l'extrémité de la branche où son corps d'un brun fauve régulièrement strié de bandes noires apparaissait tout entier; il pressa la détente.

Un bruit sec comme celui d'un ressort qui se détent retentit; mais ce fut tout...

— Malédiction! fit l'homme en reculant encore.

Son pied heurta un corps dur qui le fit trébucher. Il se baissa croyant trouver une arme — n'importe laquelle, lutce même le couteau de l'un des assassins — pour se défendre. Cette fois encore son attente fut trompée : l'objet qu'il ramassa n'était qu'une petite boîte de laque tombée de la ceinture de Than pendant qu'il s'enfuyait.

— Perdu ! dit-il, car il vit le tigre bondir sur lui.

Chose étrange ! vingt flèches parties de tous les taillis volèrent en sifflant, et le tigre, frappé au vol, tomba lourdement sur le sol grognant, se tordant, perdant son sang par vingt blessures.

L'inconnu n'était pas encore revenu de sa surprise qu'une nouvelle volée de flèches, lancées avec la même justesse, vint mettre un terme à l'agonie du monstre.

Alors, de tous les taillis, de tous les arbres, bondirent, dégringolèrent des hommes, noirs plutôt que jaunes, à peine vêtus d'une courte ceinture et d'un grand manteau qui, négligemment rejeté en arrière, laissait au corps toute sa liberté.

Certes, devant cette invasion de sauvages, un voyageur eût pu se croire subitement transporté en Polynésie. Tous ces hommes étaient couverts de plumes éclatantes qui se mêlaient coquettement à leurs cheveux ou pendaient à leurs ceintures, de bracelets, de colliers de perles, de coquillages, et d'os sculptés qui s'enroulaient autour de leur cou et de leurs poignets ; tous tenaient à la main des faisceaux de flèches et des lances empoisonnées.

Étrange contraste de la barbarie si voisine de la civilisation chinoise !

L'inconnu, avait assisté sans aucune surprise à cette apparition soudaine : il avait reconnu dans ces sauvages les *Moïs* indépendants qui, jadis possesseurs du sol, se sont vus peu à peu et systématiquement repoussés par les conquérants chinois ; car, il n'en faut pas douter, la Chine fut le berceau de la race annamite.

Refoulés dans les plaines de sable de l'intérieur, sur les confins du Laos, au milieu des déserts et des montagnes, les Moïs mènent une existence misérable, mais libre. Jamais ils n'ont voulu courber la tête sous le joug des vainqueurs qu'ils méprisent souverainement, et les Annamites, leur rendant mépris pour mépris, les laissent vivre à leur fantaisie, mais leur interdisent dans leur politique soupçonneuse le séjour des villes, et empêchent qu'on leur vende des armes et des munitions qui pourraient les rendre redoutables un jour.

Ainsi repoussés, les *Moïs* hantent les lieux les plus sauvages où ils se bâtissent de misérables cahutes, et sillonnent dans leurs canots d'écorce les fleuves à peine explorés de l'intérieur. La pêche et la chasse sont à peu près leurs seules industries. Plus courageux que leurs vainqueurs, sans autres armes que des flèches et des lances empoisonnées, ils ne craignent pas de se mesurer avec les rois des forêts, tigres, panthères; ils s'attaquent même aux éléphants sauvages qu'ils capturent souvent et qui servent au plaisir des souverains.

* * *

Cependant sautant, gambadant, les sauvages entouraient l'énorme cadavre de leur victime et semblaient supputer ce que leur vaudrait cette splendide dépouille.

L'inconnu s'était déjà approché de celui qui semblait être le chef de la bande, un grand gaillard, âgé de quarante ou quarante-cinq ans, presque aussi noir qu'un Africain, et doué d'une structure athlétique.

— Tu m'as sauvé la vie, dit-il en langue annamite; merci!

— Il est vrai, ricana le chef, que sans nous le tigre ne faisait qu'une bouchée de toi... Mais nous sommes trop payés par sa belle fourrure pour que tu nous remercies encore. Que puis-je faire pour toi?

— Rien! répondit l'inconnu en secouant la tête avec découragement.

— Tu appartenais sans doute à l'équipage de ce navire naufragé?

— Oui.

— Et où allait-il?

— A Hué.

— C'est aussi notre destination. Nous allons à Hué ou tout au moins aux environs vendre des plumes, des pelleteries, des défenses d'éléphants, des plantes médicales. Viens avec nous, nous te protégerons.

— Soit... Autant là qu'ailleurs, après tout...

Et, pendant qu'une partie des sauvages établissait un campement temporaire, que l'autre dépouillait le tigre ou dansait au son d'une sorte de flûte de pan composée de roseaux d'inégale grandeur, l'inconnu, un tout jeune homme, alla de nouveau s'étendre au pied du guian, où il avait failli trouver la mort.

— Que devenir seul, presque sans ressource dans ce pays inconnu? murmurait-il tristement. Aller à Hué... mais dans quel but? ou je serai chassé par les Annamites, ou je serai reconnu et arrêté par mes compatriotes... Qu'est devenu Touang?... ces débris me prouvent que son navire a été détruit... il est mort peut-être!...

« Ah! pourquoi ai-je défendu ma vie aux flots... ne valait-il pas mieux périr?... Oui, la mort c'est l'oubli... l'oubli de tout, de la souffrance, de l'amour, du déshonneur... Mon pauvre père!... Allons, il en est temps encore : une balle dans la tête et tout sera fini... »

En même temps il saisit son revolver et en appuya le canon glacé sur sa tempe. Un sourire amer crispa alors ses lèvres; l'arme, il s'en souvenait, était inoffensive.

— Non, reprit-il, Dieu ne veut pas que je meure! Déjà il m'a sauvé des flots où ces misérables m'avaient jeté, il m'a sauvé du poignard des assassins, et c'est lui encore qui a envoyé ces sauvages pour me sauver de la dent du fauve. Quelles destinées nouvelles me sont donc réservées ici-bas?

Les *Moïs*, rassemblant des branches sèches, avait allumé au bord des flots un immense brasier. Les femmes se multipliaient, préparant des broches, plumant et dépouillant des faisans dorés, des cailles, des bécassines, des grives de marais, tandis que les hommes examinaient curieusement les débris du naufrage, mais sans oser y toucher.

La journée tirait à sa fin, et, contraste fréquent dans ces régions, plus le jour allait mourant, plus la nature revêtait de nouveaux charmes. Sur le sable fin de la grève la lame déferlait et se brisait avec un murmure longuement cadencé; une brise légère faisait doucement vibrer les géants des forêts, ébéniers, banians, caramboliers, *cay-ban* aux larges parasols, jaquiers, traces tout enguirlandés de lianes; des perroquets bavards, des paons, des faisans, d'autres oiseaux parés d'or et de pourpre sautillaient de branche en branche avec des cris charmants et de grands battements d'ailes; les insectes bourdonnaient dans les herbes; de grands papillons, des mouches aux ailes de feu volaient amoureusement de fleur en fleur...

Abîmé dans ses pensées profondes, le jeune homme ne voyait rien, n'entendait rien de tout cela.

Il fut tiré de cet état d'insensibilité par le chef des *Moïs* qui vint à lui.

— Tiens, dit-il, voilà quelque chose qui t'appartient.

En même temps, il lui tendit la petite boîte que, quelques heures auparavant, il avait ramassée croyant rencontrer une arme.

VII. — En compagnie des sauvages.

Le premier mouvement du jeune homme fut de repousser l'officieux sauvage. Puis, la curiosité l'emportant sur la lassitude, il s'empara de l'objet qu'il lui tendait, et l'examina longuement.

C'était, nous l'avons dit, une de ces petites boîtes laquées et ornées de dessins en relief, de filets d'or comme il s'en fabrique tant au Tonquin. On n'en pouvait douter, elle provenait des épaves du *Dragon-Rouge*.

Cependant notre inconnu hésita longtemps avant de l'ouvrir.

— Le sort en est jeté! murmura-t-il enfin. Ai-je le droit de ne pas essayer de percer le mystère qui couvre le passé du pirate, et de ne pas m'assurer des armes pour l'avenir si la lutte entre nous doit se continuer un jour?...

Et résolûment il pressa un bouton de métal à demi caché dans le fouillis d'ornements qui couvraient la boîte; elle s'ouvrit aussitôt. A la grande surprise du jeune homme, quelques papiers jaunis et pliés en forme de lettres et un petit médaillon cerclé d'or s'en échappèrent et tombèrent sur le sol.

Dédaignant les papiers, il ramassa le médaillon.

Mais un cri s'échappa de sa poitrine, cri de doute et de surprise.

— Mâ!...

Et il regarda encore ne pouvant en croire ses yeux. Chose étrange, mais réelle, cette petite miniature représentait trait pour trait le gracieux visage de la jeune Annamite. Même port de tête à la fois nonchalant et mutin, mêmes grands yeux bleus et frangés de longs cils, même front haut et intelligent, même nez aux narines délicates, même bouche aux dents de nacre, aux lèvres souriantes, même chevelure blonde : c'était elle!...

— Mâ! répéta-t-il encore. Mâ!...

« Mais non, ce n'est pas elle, reprit-il, après un nouveau et minutieux examen; cette femme à l'air plus sérieux, plus âgé de quelques années. Mais quelle ressemblance pourtant!... Si ce n'est elle, qui donc est-ce?... Sa sœur?... sa mère?... oui, sa mère! Ah! mes pressentiments ne m'avaient donc pas trompé? quand je supposais que cet homme à face de bandit n'était pas le père de cette charmante enfant, j'avais donc raison?...

Il regarda encore l'adorable miniature. Sur le cadre d'or qui l'enserrait, ces quelques mots étaient gravés :

A MA FEMME CHÉRIE!

Et au-dessous une date : 186.....

— Oui, reprit-il, le doute n'est plus permis : Mâ n'est pas la fille de Touang. Le misérable l'a volée à ses parents, après les avoir assassinés peut-être... Mais dans quelles circonstances?... comment savoir? Ah! ces lettres...

Et sa main palpa fiévreusement les quelques lettres jaunies qui s'étaient échappées de la boîte en même temps que le médaillon. Mais l'écriture en était fine, serrée, un peu pâlie par le temps, et la nuit tombait avec cette brusquerie particulière aux régions intertropicales qui ne connaissent ni crépuscule ni aurore.

— Qu'importe, dit-il en glissant le paquet dans sa poitrine, j'en sais assez maintenant. Ah! je désespérais trop tôt! Dieu, en permettant cette découverte providentielle, a donné un but à ma vie : rendre Mà à ses parents s'ils existent encore, la soustraire à son odieux persécuteur si elle n'a plus ici-bas d'autre protecteur que moi... Je n'y faillirai pas!...

Et, soudainement réconcilié avec la vie, il s'endormit, doucement bercé par la brise, murmurant deux noms chéris : celui de Mà, celui de son père.

Les *Moïs* soupaient copieusement de gibier et de chair de tigre; puis, quand ils eurent satisfait leur robuste appétit, les uns, leurs longues pipes à la bouche, allèrent s'étendre sous la feuillée; les autres, se tenant par la main, commencèrent en tourbillonnant autour du brasier une ronde folle et bizarre qui les faisait ressembler à une nuée de noirs démons subitement vomis par l'enfer.

* * *

Le lendemain, dès qu'un soleil de feu inondant subitement la petite crique rendit à la nature toute sa grâce, toute sa majesté, les *Moïs* se préparèrent au départ.

Paul — on a reconnu notre aventurier miraculeusement échappé des flots, — Paul avait déjà pris son parti. Nature ardente, généreuse, puisque Dieu lui avait refusé de mourir, il éprouvait le besoin de vouer sa vie à quelque noble cause : délivrer Mà de l'humiliante tutelle du pirate, la rendre à sa famille, si toutefois la pauvre enfant possédait encore un parent ici-bas, c'était là désormais le but vers lequel tendraient tous ses efforts.

Car il n'y avait plus de doute possible : Mâ n'était pas la fille de Touang. Il avait lu ces lettres si miraculeusement découvertes; c'étaient des lettres adressées par un vieil ami au père de Mâ, où il lui parlait de sa fille, — lettres pleines de conseils affectueux, de sages recommandations.

Malheureusement il n'y avait aucune adresse, les enveloppes manquaient; aucun nom, si ce n'est celui de Robert que le correspondant donnait fréquemment à son ami. Seulement les lettres étaient datées de Bordeaux, et signées Jacques de Viallac; c'était au moins un indice

Une seule personne pouvait complètement déchirer le voile qui couvrait ce mystère; le *Dragon-Rouge*. Mais existait-il encore?

— A Hué! se dit le jeune homme. Si le bandit a été pris, c'est là qu'on l'a conduit, car il est sujet annamite; c'est là qu'on le détient à moins qu'une corde accrochée à une basse vergue n'en ait déjà fait justice. Qu'importe? à Hué je saurai quelque chose; j'irai même, s'il le faut, jusqu'au fond du Tonquin.

Et, fort de cette résolution, il se joignit résolûment à la troupe des sauvages.

Le combat entre le croiseur français et le *Dragon-Rouge*, avait eu lieu en vue de la baie de Choumay qui, abritée par ses deux caps, le cap ouest et le cap est, s'enfonce profondément dans les terres et devient, dans les mauvais jours, un excellent abri pour les jonques et les petits caboteurs qui fréquentent ces parages.

C'était dans une des découpures du cap ouest que le flot et le courant avaient poussé les débris du *Dragon-Rouge;* c'était là encore que s'était passé la scène que nous avons rapportée plus haut.

Les *Moïs*, dont la tribu habitait la région montagneuse et presque déserte qui sépare l'Annam du Laos, avaient profité du printemps pour se livrer à de grandes chasses. Traînant après eux leurs femmes et leurs légers canots d'écorce que deux hommes peuvent porter, ils avaient voyagé à petites journées, chassant dans les forêts, sur les montagnes, pêchant dans les fleuves et les rivières; toujours à la piste du gibier, ils s'étaient avancé jusqu'à la mer où, depuis près de trois jours, ils guettaient le tigre qui avait failli jouer un si mauvais tour à leur jeune hôte.

Maintenant que leurs chasses avaient réussi au gré de leurs désirs, ils avaient hâte de gagner les environs de Hué, pour se débarrasser des dépouilles qu'ils emportaient avec eux, et revenir ensuite à leurs chères montagnes.

Tout en babillant, on marchait par des sentiers à peine battus, longeant la base des collines, serpentant le long de leurs flancs, hérissés de pierres tranchantes, de buissons épineux où gîtaient quelques lièvres et des cochons sauvages. La région continuait à s'exhausser, et bien que les cimes les plus élevées ne dépassassent pas quatre cents mètres d'altitude, leur multiplicité compensait leur hauteur et rendait la marche excessivement pénible et incertaine.

Parvenu au sommet d'une de ces collines, Paul s'arrêta émerveillé.

Une grande partie de l'Annam se déployait sous ses yeux comme une carte géographique. Devant lui, aussi loin que son regard pouvait s'étendre, il ne voyait que des pics, des cimes émergeant de tous côtés comme des vagues subitement pétrifiées pendant une tempête.

C'étaient, à sa gauche, les montagnes de Choumay, de Cao-Haï dont les plus élevées atteignent quinze cents mètres; à sa droite l'énorme mont de Troui, qui rachète en épaisseur ce qu'il perd peut-être en hauteur; puis d'autres, d'autres encore, entremêlés de plaines, de vallées où coulaient des ruisseaux, où s'élevaient des villages aux grandes cases de bois.

Derrière lui c'était la baie de Chounay avec ses grands villages, ses plaines de sable, ses rizières, ses marécages convertis en forêts de bambous et de cannes à sucre; c'était la mer enfin, bleue, immense, murmurante, étincelante de paillettes d'or et de globules de diamant sous les feux du soleil.

À ses pieds, d'un bleu plus sombre que l'Océan, se déroulait comme une mer intérieure la lagune de Cao-Haï qui, plus loin, prend le nom de Troui, où se déverse la rivière de Fou-Game. Cette nappe immense, qui semblait congelée tant elle était immobile, se trouait çà et là de points noirs qui étaient des îlots rocheux. Sur ses bords, tantôt arides, tantôt couverts d'une riche végétation se groupaient de beaux villages dont les maisons aux grands toits de tuiles vernissées étaient dominées par les pagodes aux formes bizarres et étranges.

La lagune de Cao-Haï est séparée de la mer par une longue et étroite bande de sable, nue et déserte en certains endroits, ailleurs hérissée de dunes couvertes d'une pauvre végétation. Des pêcheurs ont élevé sur ce banc de misérables huttes; les Annamites y ont construit des forts défendus par une faible garnison.

— Tu n'avais jamais vu cette partie de notre pays? dit le chef qui subitement s'était rapproché de Paul.

— Non, et je n'espérais même pas la voir.

— Tu n'es pas Annamite...

Et, comme le jeune homme hésitait à répondre :

— Oh! tu peux te fier à moi! reprit le sauvage; je ne te trahirai pas. Moi non plus, continua-t-il avec un accent de farouche orgueil. Je n'appartiens pas à ce peuple que je hais, que je méprise... Jadis cette terre était à nous, nous en étions les maîtres; ils sont venus, et ils nous ont tout pris! Notre race, autrefois forte et puissante, est maintenant disséminée et avilie. Dans ce pays qui était le nôtre, nous n'avons de place que celle que veulent bien nous accorder nos vainqueurs. Errants, misérables, nous leur inspirons encore de la crainte; ils nous refusent l'entrée de leurs cités, ils s'opposent à ce que nous possédions des armes autres que nos flèches et nos bâtons. Et pourtant c'est fini, bien fini; le sauvage peut fuir le joug; mais il ne se relèvera jamais : sa race est maudite.

Paul ne répondit pas; le *Moïs* poursuivit :

— Tu parais étonné de mes paroles? C'est que j'ai vu Saïgon où j'ai résidé une année entière; c'est que j'ai vu les Français, et je les aime; car, un jour, ils nous vengeront de nos oppresseurs, ils les écraseront comme ils nous ont écrasés. Voilà pourquoi je t'aiderai de tout mon pouvoir; et, rappelle-toi de ceci : si tu as jamais besoin d'un ami, le chef est là...

Cependant le voyage se continuait au milieu des montagnes. Le lendemain au point du jour, les sauvages atteignaient les bords de la lagune, où les attendaient une vingtaine des leurs avec quelques canots.

Ces pirogues, faites de longues bandes d'écorce relevées à l'avant et à l'arrière, ou encore de planches ingénieusement assemblées, semblent, au premier abord, fragiles et volages à l'excès. Pourtant ce sont de merveilleuses embarcations, légères, faciles à transporter, avec lesquelles les sauvages franchissent sans hésiter les rapides les plus dangereux.

La petite troupe s'embarqua immédiatement par fraction de six ou sept individus; et bientôt, enlevées par des pagayeurs habiles, les embarcations glissèrent sur les flots.

Assis à l'arrière de la pirogue du chef, Paul réfléchissait profondément à tous ces événements étranges qui, depuis quelques jours, avaient bouleversé sa vie : d'abord la mort de son père, son évasion, son embarquement sur le *Dragon-Rouge;* puis son altercation avec Touang, altercation qui s'était terminée par un bain forcé; enfin le tigre, les sauvages, le médaillon, les lettres.

— Que vais-je faire à Hué? se disait-il avec découragement. Touang s'y trouve-t-il? et, s'il s'y trouve, ne doit-il pas être prisonnier? Pourrai-je en ce cas parvenir jusqu'à lui? Parlera-t-il? Oh! quel chaos! ma tête se perd!...

Et, il jetait autour de lui des regards distraits. Les canots fendaient silencieusement les flots calmes de la lagune, laissant derrière eux un long sillon tremblant; les sauvages chantaient un refrain bizarre et tristement rhythmé, et les pagaies s'abattaient en cadence.

Le paysage de la lagune de Troui est un des plus pittoresques de l'Annam : collines capricieusement étagées, aux cimes exubérantes de végétation et baignant leurs bases dans les flots bleus; montagnes hautes et escarpées, paraissant menacer le ciel de leurs aiguilles bizarres et dentelées; frais vallons, plaines verdoyantes, forêts inextricables de roseaux, de bambous, de palmiers d'eau, tout s'y trouve éclairé par un beau soleil, égayé par une multitude d'oiseaux aquatiques glissant légèrement sur le miroir des eaux, leurs longues ailes ouvertes comme des voiles.

— Oh! si j'étais libre de retourner à Saïgon, murmura encore le jeune homme, je solliciterais un congé, j'irais à Bordeaux, je verrais cet homme, ce Jacques Viallac; je lui dirais : — « La fille de votre ami, de votre parent peut-être, est tombée au pouvoir d'un bandit... Venez, à nous deux, nous la sauverons! » Mais c'est impossible! Déserteur, la mort m'attend si je retourne à Saïgon.

« Allons, reprit-il, Dieu est là, confiance en lui!... »

— La rivière de Feu-Camo! dit le chef.

Les pirogues, en effet, venaient de s'enfoncer sous une percée ombreuse, qui de loin cachait à tous les yeux l'embouchure de cette rivière, un des affluents du Truong-Thien ou rivière de Hué. De beaux arbres, enguirlandés de lianes, bordaient ses deux rives sur un assez long espace, et lui formaient comme une voûte naturelle de verdure, pleine d'ombre et de fraîcheur, qui ne laissait au regard que de rares échappées vers le ciel.

Les pirogues glissaient toujours, et les charmes de cette belle nature, agissant sur tous, les chants cessèrent comme par enchantement; chacun admirait, s'extasiait.

Puis, la rivière s'élargissant de plus en plus, le paysage changeait à chaque instant. C'étaient de gracieuses maisonnettes entourées de petits jardinets et assises à l'ombre d'aréquiers, de jaquiers, ou de tracs géants; là des bosquets d'orangers, de citronniers, de bananiers; ailleurs des rizières, des champs de maïs dont les épis ondulaient à la brise; des plaines, des arbres, des maisonnettes encore.

Les *Moïs* voyageaient lentement, sans se presser. Vers le milieu de la journée, ils firent halte auprès d'un petit village et établirent leur campement primitif, qui fut bien vite envahi par une foule d'Annamites, bateliers, paysans, *congaïs* (1). Le petit mandarin qui gouvernait dans ces parages y vint comme les autres.

Cette foule paraissait sale et grouillante. Sauf le petit mandarin qui était vêtu de soie, et qui se faisait précéder par deux soldats armés de rotins et de lances, et suivre de trois pages complètement nus, chargés de ses nombreux parasols, de sa boîte à chique et de son attirail de fumeur, le reste était sommairement couvert de quelques loques qui laissaient voir en toute liberté la peau sale et crevassée par les intem-

(1) Jeunes filles.

péries de l'air et peut-être aussi par les coups de *cadouille*.

Des femmes allaient et venaient, un enfant en équilibre sur chaque hanche. Plus petites que les hommes, flétries de bonne heure par une vie de fatigues et de privations, les femmes annamites sont généralement laides, mal faites et sans aucune grâce.

Si quelques exceptions se rencontrent — et elles sont bien rares hors des demeures des grands — elles ne font que mettre en relief la laideur du plus grand nombre, c'est-à-dire confirmer la règle.

Tout ce monde babillait, riait, chiquait, fumait; mais ne paraissait avoir aucune intention méchante.

— Pourquoi ne chasses-tu pas toute cette canaille? dit Paul à son nouvel ami.

Le chef hocha la tête.

— Je ne le puis, dit-il. Il ne faut pas oublier que nous ne voyageons hors des territoires qui nous sont assignés que par pure tolérance, et que, s'il prenait fantaisie à ce petit mandarin de nous faire saisir, fustiger, incarcérer par ses gens, nous n'aurions pas même le droit de nous plaindre.

Le mandarin, avec toute la morgue dont il se sentait capable, escorté de ses deux piquiers, pauvres diables vêtus de mauvaise cotonnade, marchant pieds nus, et suivi de ses porte-ombrelles, daigna adresser la parole au chef, le plaisanta sur sa troupe, et, finalement, lui demanda si sa chasse avait été bonne.

En apprenant que le sauvage possédait une peau de tigre royal, ses petits yeux gris, noyés dans la graisse de ses joues, lancèrent des éclairs.

— Tu vas me la vendre, dit-il.

Vendre, pour lui, signifiait donner ou à peu près.

Le sauvage le comprit.

— Haut et puissant seigneur, fit-il, pardonne à ton esclave

indigne, s'il ose te résister. Je ne vais à Hué que pour cette dépouille que j'ai promise au chambellan du *Voua*. S'il savait que j'en ai disposé pour un autre, il me ferait mettre à mort.

Ces paroles coupèrent court à l'envie qu'avait le mandarin de posséder la splendide dépouille, et le *Moïs* garda sa... peau.

— Et ce jeune homme? continua le mandarin en désignant Paul, dont le costume propre, sinon coquet, le frappa, pourquoi voyage-t-il en ta compagnie?...

— Il est chargé, de veiller à l'exécution des ordres du chambellan, répondit le sauvage imperturbable.

— Animal! que ne le disais-tu plus tôt.

Et vite, craignant un rapport indiscret, il fit fermer deux de ses trois parasols — il n'avait droit qu'à un seul et encore de plus petit calibre. Puis, passant de l'arrogance à une basse servilité, il s'approcha de Paul, et le pria, le supplia de vouloir bien partager son dîner.

Paul ne pouvait refuser sans se trahir. Aussi, lançant un regard de reproche au malicieux sauvage, il suivit le mandarin devant qui les deux soldats ouvraient un passage à grands coups de bois de lance.

En général les maisons des grands personnages annamites se ressemblent toutes : c'est l'architecture chinoise plus ou moins bien comprise, plus ou moins estropiée, suivant le goût et la fortune des possesseurs. Quatre murailles en briques rougeâtres d'ordinaire, souvent aussi en bois, supportent un toit énorme, relevé à ses extrémités, dont les tuiles vernissées affectent de simuler des écailles de dragon. On y pénètre ordinairement en traversant une cour dallée, entourée de murailles assez basses qui supportent une foule d'ornements, de magots, de vases pleins de fleurs; une porte large et abritée par une vérandha donne accès dans la salle principale.

C'est la pièce d'apparat, le salon de réception. En haut l'œil aperçoit l'ingénieuse disposition des poutres qui soutiennent la toiture. Souvent cette salle est ornée d'une double colonnade de bois de *schen* ou de trac, derrière laquelle circulent les serviteurs. Le plancher se divise en deux parties de niveau différent : l'une au ras du sol pour les inférieurs; la seconde, plus élevée de quelques centimètres pour les grands personnages. Le mobilier consiste en une table, quelques divans, des tentures de soie, des panoplies d'armes précieuses, et, enfin, l'autel des dieux lares, voilé à la vue des profanes par de grands rideaux de satin brochés des plus vives couleurs.

— Diable! se dit Paul, me voilà traité comme un monarque! Merci tout de même au sauvage qui m'a valu cette splendide hospitalité.

La salle était entièrement éclairée par des globes et des croissants de soie ou de papier de couleur, qui adoucissaient l'éclat des bougies et prêtaient aux objets un aspect étrange et fantastique. Derrière les colonnades circulait lentement la foule des serviteurs et des clients; quelques soldats, au costume pittoresque, veillaient, appuyés sur leurs longues lances.

Le mandarin aida son hôte à gravir l'estrade où se tenaient déjà quelques personnages importants Accroupis à la turque, la cigarette ou la chique à la bouche, ils se laissaient gravement éventer par quelques femmes chargées de cet office.

Bientôt le dîner fut servi. Riz pimenté, rôtis pimentés, poissons et ragoûts pimentés, il y avait là de quoi incendier un palais doublé de ferblanc. Heureusement que les fruits frais et délicieux, les confitures, les pâtisseries et surtout le thé — véritable thé de Chine qui se prend sans sucre et sans alcool, — arrivèrent à propos pour calmer et éteindre l'incendie qui commençait ses ravages dans l'estomac du jeune homme.

— Quelle réception ! pensait-il. Ah ! si ces gens savaient qui je suis, comme ils me feraient bien vite déguerpir ! Bah ! profitons sans arrière pensée de cet accueil que m'a valu la malice des *Moïs*.

Des danses, des pantomimes plutôt, dont les acteurs étaient des soldats armés de toutes pièces, terminèrent dignement la soirée. Aucune femme, sauf les servantes, ne s'était montrée. Comme le Turc, l'Annamite de la haute classe cache ses femmes et ses filles dans les coins les plus reculés de sa maison, et ne leur permet que rarement de se montrer, même devant ses meilleurs amis.

VIII. — Aux abords de Hué. — Désagréable surprise.

Le lendemain, les pirogues des sauvages reprirent leur navigation sur la rivière de Fou-Camo, toujours charmante, offrant à chaque pas des sites différents.

A mesure qu'on approchait de la capitale, les rives se faisaient de plus en plus peuplées; ce n'étaient maintenant que grandes agglomérations de cases, belles et bien entretenues; les paysans comme des fourmis emplissaient les rizières, les plantations de thé, de mûrier, les champs immenses où croissaient toutes sortes de plantes légumineuses, pois, haricots, tomates, aubergines, patates douces, etc... De grands troupeaux de buffles à la crinière hérissée, à l'œil farouche vaguaient en liberté au milieu des chiens, des cochons, des poules, et donnaient au paysage un caractère agreste et plein de charme.

Après quelques heures de navigation, les pirogues s'arrêtèrent sous les pilotis d'un grand pont de bois.

— Nous sommes à Anc-Kénou, dit le chef des *Moïs*, au jeune homme. Il nous est interdit d'aller plus loin. Si réellement les dieux t'appellent à Hué, obéis à leur voix; va, et que leurs bénédictions t'accompagnent!

Paul, les larmes aux yeux, pressa tendrement la main du sauvage.

— Adieu! murmura-t-il d'une voix brisée. Quel que soit le sort qui m'est réservé, dans les bons comme dans les mauvais jours, ton souvenir vivra dans mon cœur. Adieu...

Et, sautant lestement à terre, il se perdit dans la foule des bateliers, des marchands, des bourgeois et des *coolies* qui encombraient le pont.

Il se trouvait encore une fois seul, abandonné au milieu d'un peuple hostile à tout ce qui venait de l'Occident, poursuivant un but qui semblait insaisissable, affrontant le dernier supplice s'il était reconnu pour un *khac* (1).

Pourtant, son courage grandissant au milieu des périls, il ne se laissa pas abattre.

— A la grâce de Dieu! murmura-t-il. Si déjà trois fois il m'a sauvé de la mort, c'est qu'il a ses desseins sur moi, c'est qu'il veut faire triompher l'œuvre à laquelle je me suis voué tout entier.

Le village d'Anc-Kénou, grâce à sa proximité de la capitale — une demi-lieue à peine — et à sa position sur le bord de la rivière, est un centre assez important dans l'empire annamite qui ne compte guère de villes. Outre ses jolies maisonnettes, ses grandes cases mandarinales aux toits ornés de clochettes, de chimères, de dragons volants,

(1) Etranger.

ces élégantes pagodes, Anc-Kénou possède un important marché où l'on peut facilement se procurer tous les produits de l'empire annamite et des pays voisins.

Accroupis au fond de leurs petites baraques, la cigarette ou la pipe à la bouche, humant leurs microscopiques tasses de thé, les marchands se tiennent raides, graves, honorant à peine d'un regard distrait la foule des chalands qui afflue sans cesse devant leurs étalages. Mais cela ne les empêche pas d'avoir l'œil à tout et de surveiller les filous; car, en Annam comme en Chine, le vol est passé au rang d'institution publique, et personne ne se prive de l'exercer, depuis le mandarin qui vole la paie de ses soldats et accueille leurs réclamations — s'ils osent réclamer — à grands coups de rotin, jusqu'au pauvre diable tout dépenaillé qui vole tout ce qu'il peut attraper.

Abandonnant la rivière qui court plus loin se jeter dans le Truong-Thien, auprès du village de Fou-Came, dont elle prend le nom, Paul suivit la route qui mène à Hué, en passant devant la légation française.

Trois quarts d'heure après — il avait marché sans se presser, — il apercevait de l'autre côté du fleuve les formidables murailles de la capitale.

***

Hué, comme Tombouctou la célèbre capitale du Soudan, est une de ces cités que le voyageur ne peut contempler que de loin, d'où tout étranger est rigoureusement banni. Aussi, pour les Européens la ville est tout entière dans les faubourgs grands et populeux qui s'éparpillent le long du fleuve, des rivières, des *arroyos*, bien plus que dans la double enceinte de murailles qui enserre la citadelle.

Hué est bâti sur la rive gauche du Truong-Thien, dont les

eaux canalisées et habilement dirigées l'entourent de toutes parts et lui font ainsi une formidable défense. Sa première enceinte, crénelée et flanquée de bastions qui dirigent de tous côtés les gueules peu menaçantes de leurs canons, est percée de portes basses, sombres, voûtées, que l'on franchit en passant des ponts levis où veillent continuellement des soldats.

L'étranger qui, de loin, contemple ces murailles grises et délabrées, se sent saisi d'une immense curiosité. L'inconnu attire toujours puissamment. Quelles merveilles renferme cette double enceinte? est-ce là une de ces villes splendides, où se succèdent sans interruption temples, palais, gigantesques monuments? faut-il croire que Hué, comme Nankin, a jadis eu son heure de splendeur et de puissance, mais n'est plus maintenant qu'une cité déchue et croulante?

Hué possède ce double caractère : Forteresse inaccessible autrefois, aujourd'hui elle ne supporterait pas huit jours de siège. Du haut des collines environnantes on peut apercevoir les toits de tuiles vernissées de ses pagodes et des grandes maisons des mandarins; ils dominent la masse impénétrable de feuillage qui ombrage toutes les rues et toutes les places. On devine plutôt qu'on ne les voit les splendides palais du roi Tu-Duc, entourés d'innombrables édifices affectés aux grands officiers, aux ministres, aux serviteurs; les harems où plus de trois cents femmes vivent dans une captivité brillante, sous la garde de farouches eunuques. Là, la tradition populaire évoque des féeries dignes des *Mille et une Nuits* : des salles aux parois de jaspe et de porphyre, aux triples colonnades de marbre incrusté de pierres précieuses, des jardins délicieux, des lacs où flottent des barques dorées, des souterrains mystérieux où sont enfouis des trésors incalculables sur lesquels veillent éternellement d'énormes caïmans...

Mais Hué, grâce à la végétation luxuriante qui l'envahit

de toutes parts, ne laisse apercevoir que bien peu de ces splendeurs tout orientales.

La vie, l'animation, la joie ne résident que dans les faubourgs, dans les grands villages Kieu-Denoc, Mang-Ca, Kieu-Digue qui l'entourent. Hué n'est qu'une forteresse, une citadelle dont les hautes murailles se dressent comme une barrière infranchissable devant la curiosité du touriste. Mais qu'irait-il faire dans ce Versailles glacé, officiel, quand les faubourgs lui offrent une si riche maison de types et de caractères, une mine d'observations qu'il peut fouiller et refouiller sans crainte de l'épuiser.

La vie annamite est toute extérieure. Regardez sur ces places, dans ces rues; quelle riche collection de types! pauvres parias à moitié nus, bourgeois au costume sévère, soldats et officiers fiers de leurs loques éclatantes et historiées, jouant de l'éventail avec un sérieux imperturbable!... A côté du porte-faix suant sous sa charge équilibrée aux deux extrémités d'un long bambou, voici une *congaï* parée et fardée, s'arrêtant à chaque pas, riant sans motif pour montrer ses dents laquées de noir; puis vient un bonze majestueux dans sa grande robe jaune, qui coudoie un Chinois authentique le nez au vent, la queue rasant le sol...

Autour des petites boutiques des gargotiers, où se débitent les mets les plus indescriptibles, la foule est grande encore. Tout à coup, on s'écarte, on se bouscule, et un courrier, reconnaissable au long tube de bambou cacheté à ses deux extrémités qu'il porte en sautoir, et qui renferme sans doute une correspondance importante, passe au grand galop de son petit cheval; vient ensuite un mandarin juché dans son palanquin aux rideaux de soie cramoisie, entouré de ses pages et de ses serviteurs portant ses énormes parasols; puis c'est un éléphant lourdement chargé, c'est une compagnie de soldats se rendant avec armes et bagages sur le champ de manœuvre.....

Ailleurs on se presse autour d'un diseur de bonne aventure, d'un jongleur ambulant; on entoure un pauvre diable étendu, sur le ventre, auquel un mandarin grincheux fait appliquer sans autre forme de procès une vingtaine de coups de *cadouille* au bas des reins...

Sur le fleuve, sur les rivières, sur les canaux, même bruit, même encombrement; jonques et sampangs montent, descendent, se croisent, ou sont amarrés le long des quais; des maisonnettes bâties sur pilotis se montrent partout enguirlandées de feuillage; des plantes grimpantes qui prennent racine dans la vase, s'enroulent jusqu'au faîte des toits qu'elles couronnent de leurs panaches verdoyants.

Le Truong-Thien, depuis son embouchure jusqu'à la ville, est formidablement défendu. Partout on ne voit que fortins armés de canons, poudrières, *miradors* ou postes de guette très-élevés, d'où, au moyen d'un système de signaux le jour, de lanternes de diverses couleurs la nuit, les nouvelles importantes se transmettent rapidement de l'embouchure du fleuve à la citadelle.

L'entrée du fleuve est elle-même défendue par un barrage et des îles basses sur lesquelles des forteresses sont encore bâties.

Hâtons-nous de le dire cependant, ces ouvrages, tout formidables qu'ils paraissent aux yeux des Annamites, n'arrêteraient pas quarante-huit heures un ennemi déterminé.

* * *

Quand Paul se vit seul, perdu comme un atome, au milieu de cette population gouailleuse, insouciante, il se sentit envahi par un immense découragement.

Vue de loin, son œuvre lui avait paru toute simple, toute facile; mais, à cette heure, où il la touchait pour ainsi dire du doigt, les difficultés qu'il avait à vaincre lui semblaient insurmontables.

Il tâta machinalement ses poches : sa bourse qu'il avait heureusement sauvée contenait encore une vingtaine de piastres portugaises et autant de dollars américains, presqu'une fortune.

— Avec cela je puis aller quelques mois, surtout en me contentant du strict nécessaire, murmura-t-il. Mais que devenir quand ma dernière pièce sera changée en *sapékes*, quand j'approcherai de mon dernier *sapéke?* Vouloir trouver Touang, si toutefois il existe encore, dans cette foule serait folie... à moins d'un hasard providentiel, je n'y parviendrai pas. Que faire? me livrer?... Non, ma vie ne m'appartient plus : je l'ai consacrée à Mâ, et mourir à présent serait lâchement abandonner la lutte. Il faut que j'atteigne le but que je me suis proposé. Par quels moyens? je ne le sais encore; mais je l'atteindrai...

Tout en monologuant ainsi, son chapeau conique, un chapeau qu'il avait acheté à Anc-Kénou, enfoncé sur ses yeux, il cheminait lentement. Bientôt il gagna les bords marécageux du fleuve que traversaient de nombreux ponts, et, après avoir passé la petite rivière Vian-D'euong; s'arrêta au village de Kieu-Deuoc, célèbre par sa belle pagode de Dong-Ba.

Grâce à sa prudente circonspection, à l'allure déhanchée qu'il se donnait et surtout à la facilité avec laquelle il parlait l'Annamite, il put trouver un gîte sans être reconnu.

Ce gîte était une pauvre auberge fréquentée par des marchands et des jeunes gens accourus de tous les coins de l'empire pour passer l'examen de lettré qui, seul, conduit aux charges publiques. Comme il lui fallait un prétexte pour colorer son arrivée à Hué, il dit à l'hôte qu'il venait de Troui, et cherchait un navire quelconque qui pût le conduire au Tonquin où l'attendait un frère de son père, riche manufacturier établi sur le fleuve Rouge.

En même temps il fit briller comme par hasard deux ou trois piastres, et le gargotier crut tout ce qu'il voulut lui dire.

— Reste chez moi, dit-il avec un sourire obséquieux; je te céderai une belle chambre, où tu pourras attendre en toute sécurité l'occasion de t'embarquer.

— Soit! répondit Paul; conduis-moi.

La chambre, si on pouvait lui donner ce nom, était un trou carré, où une estrade de bambou, ornée d'un moustiquaire, servait à la fois, le dessus de lit, de table et de banc, le dessous, d'armoire. C'était tout. Par bonheur l'unique fenêtre, petite et sans vitre, donnait sur la grande place du marché, encombrée à cette heure des milles baraques des marchands et d'un flot de peuple.

Cela au moins promettait quelques distractions au pauvre soldat, car Paul s'était bien promis de ne pas sortir le jour, mais d'employer toute sa diplomatie à interroger l'important Liou-Fou, son hôte, sur le *Dragon-Rouge* et les événements qui avaient pu émouvoir le public depuis quelques jours.

— Un moment! dit-il à maître Liou-Fou, qui déjà s'apprêtait à sortir; je ne suis pas venu à Hué pour ne rien apprendre; j'ai même besoin de quelques renseignements que, plus qu'un autre, tu es apte à me fournir.

— Mon temps appartient à tous mes hôtes en général; mais à aucun en particulier, répondit le digne Annamite. Si tu me retiens, tu me causes un préjudice...

— Que je te paierai, interrompit Paul. Tiens, et apprête-toi à me répondre sincèrement, si c'est possible.

En même temps il lui jeta une piastre.

— Maintenant, parle... Y a-t-il longtemps que tu n'as entendu parler du *Dragon-Rouge*?

Liou-Fou eut un soubresaut de stupeur. Puis considérant que la porte du bouge était fermée, que le tumulte qui s'élevait sans cesse de la place empêchait que ses paroles puissent être entendues du dehors, il s'avança près du jeune homme et baissant la voix :

— Hier, dit-il, un croiseur français a passé la barre, emmenant captif l'équipage du *Dragon-Rouge*. Cela se disait ce matin parmi les soldats. Il paraît que ces Français — que Bouddha les confonde! — ont attaqué le *Dragon-Rouge* et l'ont coulé bas. Ce qui restait de l'équipage, voyant le navire s'enfoncer, a cessé la lutte et s'est rendu à discrétion.

— Et le chef des forbans?

— Celui qui s'appelait le Dragon-Rouge, comme son navire?

— Celui-là même.

— Il est prisonnier à la citadelle.

— Prisonnier! s'écria Paul atterré. Mais tout m'accable à la fois!... Mais on peut parvenir jusqu'à lui?... on peut le voir, lui parler?... Dis, n'existe-t-il pas quelque moyen de le faire?...

Liou hocha la tête.

— C'est difficile, dit-il. Peut-être cependant, si tu donnais une belle gratification, obtiendrais-tu du secrétaire du ministre de la marine, un mandarin qui a le grade de *bien-ly*, l'autorisation que tu sollicites. Mais, je te le répète, il faut payer.

— Qu'importe! fit Paul résolûment, je sacrifierai volontiers tout ce que je possède pour voir cet homme, ne fût-ce qu'une heure. Liou, occupe-toi de cela, obtiens-moi la permission de pénétrer dans la citadelle, de communiquer une heure, une heure seulement avec le Dragon-Rouge, et je te récompenserai libéralement.

— Tu connais donc cet homme?

— Oui, je le connais! fit Paul amèrement.

— Tu t'intéresses à lui?

— Plus peut-être qu'à moi-même.

— Donne-moi deux piastres d'abord, fit Liou avec un mauvais sourire, et je te promets qu'avant demain tu auras franchi les portes de la citadelle.

Paul eut un geste de dégoût devant cette cupidité honteuse, car il savait que Liou, s'il parvenait à obtenir l'autorisation demandée, se taillerait sa part dans la gratification, dut-il la doubler de sa propre autorité. Néanmoins, il donna les deux piastres.

Liou-Fou sortit aussitôt.

Paul pensif alla s'accouder à la fenêtre.

— J'ai peut-être eu tort de me fier à cet homme, murmura-t-il; l'Annamite est traître comme un Judas. Bah! s'il trouve son intérêt à me servir, il me servira sans s'inquiéter d'où je viens, quel but je poursuis.

La foule avait peu à peu abandonné la place du marché qui occupait le centre du village, et était entourée de cases gracieuses et confortables. A quelques pas de là le fleuve roulait avec bruit ses eaux limoneuses; la brise du soir agitait avec un bruissement mélodieux le feuillage des grands arbres.

— Je vais donc le voir! reprit-il. Quel accueil me fera-t-il? voudra-t-il parler? Oh! je saurai bien lui arracher son secret! il faudra bien qu'il me dise ce qu'il sait! Ah! c'est Dieu qui m'a envoyé ici!... Mâ sera heureuse... je la rendrai à sa patrie, à sa famille... Et moi? reprit-il. Qu'importe! j'aurai terminé ma tâche, je pourrai mourir...

Il resta longtemps pensif, accoudé à la même place, ruminant la même pensée : faire parler le forban, rendre la jeune fille à sa famille, si toutefois elle avait encore une famille là-bas, se livrer ensuite...

L'entrée d'une *congaï* venant lui apporter son dîner, un vrai dîner annamite composé de viande de buffle et de porc, de poisson cuit avec du piment, de fruits, de thé et d'eau-de-vie de riz, coupa court à ses réflexions. Il mangea rapidement quelques bouchées, et, avant de sortir, s'informa de Liou-Fou.

— Le maître est absent, répondit la *congaï* qui l'avait servi.

— J'attendrai son retour.

Il fit encore deux ou trois tours dans son étroite cage, abaissa l'auvent qui seul fermait la fenêtre, et alla s'étendre sur sa dure couche de bambou, bien enveloppé dans son moustiquaire.

Paul était jeune ; en dépit de ses chagrins et de ses préoccupations, le sommeil vint bientôt clore ses paupières.

Il dormait depuis longtemps, quand une lumière rouge et intense, inondant subitement la petite chambre, lui montra Liou-Fou, un petit mandarin de cinquième ou sixième classe et quelques soldats rangés autour de son lit.

Effrayé, il se dressa sur son séant.

— A moi! appela-t-il.

Et il voulut sauter à terre. Sur un signe du mandarin, les huit hommes poussant des cris de bête fauve, se précipitèrent sur lui, et, malgré sa résistance désespérée et ses supplications, l'eurent bientôt solidement bâillonné et garrotté.

— Voilà qui est fait, dit le petit mandarin.

Il fit encore un signe, et deux soldats chargeant le jeune homme sur leurs épaules sortirent escortés du reste de la bande.

Un palanquin entièrement voilé attendait à la porte; les soldats y jetèrent leur prisonnier sans toutefois le délier, et rabattirent soigneusement les rideaux de cuir.

— En route! commanda le mandarin.

Quatre des soldats placèrent sur leurs épaules les brancards de bambou du palanquin, les autres s'emparèrent des lanternes qui devaient les éclairer, et le sinistre cortége se mit en marche, toujours précédé du petit mandarin.

Quoi qu'à demi étouffé par son bâillon et gêné par les cordes qui lui meurtrissaient les poignets, Paul réfléchissait à cette singulière aventure.

— Que veulent-ils faire de moi, et où me conduisent-ils? se demandait-il avec angoisse. Sans doute ils me prennent pour un des complices du Dragon-Rouge... Mais qui m'a donc trahi?...

La litière avançait toujours au petit trot de ses porteurs. Paul, renonçant à sonder le mystère qui enveloppait cette arrestation arbitraire, sûr de se faire rendre justice aussitôt qu'il pourrait se prévaloir de sa qualité de Français, s'abandonna plein de résignation à la volonté du sort.

— Après tout, murmura-t-il, ils ne pourront que me tuer, et je suis las de la vie!...

Mais le souvenir de Mâ chassa bien vite cette pensée désespérée.

— Non, reprit-il, je dois vivre pour elle... Dieu est bon, il me sauvera.

Enfin la litière s'arrêta, mais pour se remettre en marche presque aussitôt. A l'écho sonore qui répétait le bruit des pas, Paul comprit qu'on traversait un passage voûté, et se dit :

— C'est ici!

Il ne s'était pas trompé. Brusquement les rideaux de cuir s'écartèrent, deux hommes le prirent dans leurs bras, le firent descendre, et, après l'avoir débarrassé de ses liens et de son bâillon, le poussèrent devant eux.

Il voulut résister, protester encore. Sa voix fut étouffée. Le mandarin, d'ailleurs, avait disparu et les soldats exécutant un ordre, traînaient plutôt qu'ils n'escortaient le malheureux jeune homme.

Après quelques détours, ils embouchèrent un couloir voûté, étroit, que les lanternes qu'ils portaient éclairaient à peine d'un rayon fugitif, laissant les extrémités noyées dans une ombre épaisse; ils ouvrirent une solide porte en bois de *schen*, et, prenant Paul par les épaules le poussèrent brusquement en avant.

— Entre! dirent-ils.

La porte se referma avec un bruit lugubre.

— Prisonnier! s'écria le malheureux jeune homme en portant les deux mains à son front. Prisonnier!!!

I[illegible]. — Où et comment Paul rencontra le Dragon-Rouge.

— Qui parle ici? fit une voix qui semblait venir du fond du cachot.

Au son de cette voix, Paul tressaillit.

— Mais, non! s'écria-t-il, non! ce n'est pas possible!...

Et trébuchant dans l'obscurité, il essaya de se rapprocher de son interlocuteur invisible. Celui-ci, devinant sa pensée et plus habitué aux ténèbres, fit quelques pas à sa rencontre.

Bientôt leurs mains se touchèrent.

— Qui es-tu? demanda Paul d'une voix frémissante.

— Qui je suis, enfant?... Celui que tu ne cherchais pas, celui que tu fuiras dès que tu sauras son nom; mais, hélas! sans pouvoir l'éviter, car on nous a donné le même cachot, et, bientôt peut-être, partagerons-nous le même sort...

— Tu es le Dragon-Rouge! s'écria Paul transporté. Tu te trompes, Touang, je te cherchais, et, à cette heure, je remercie Dieu qui a permis que nous fussions réunis même au prix de ma liberté!...

— Moi aussi, je t'avais reconnu dès les premiers mots, fit le Dragon-Rouge, car c'est bien lui que nous retrouvons; et, je te l'avoue, je m'attendais a un accueil tout autre. Merci! Tu as compris que c'est sans mon aveu qu'on s'est livré sur toi à des extrémités que je regrette, et que j'aurais punies si j'en avais eu le temps.

— Parlons d'autre chose, Touang; les moments sont trop précieux pour les gaspiller ainsi. Je ne t'en veux pas, je te le répète, et il ne dépendra que de toi de mériter ma haine ou ma gratitude éternelle.

Et comme l'Annamite ne répondait pas, Paul reprit :

— Oui, je t'ai cherché, Touang, et si je suis venu à Hué, c'était pour toi. Je ne m'attendais pas à te retrouver dans une prison, et pourtant je bénis le hasard qui, ainsi, nous a mis en présence. J'ai fait une découverte, Touang; sur le sable où m'a jeté le flot, j'ai trouvé un portrait... un portrait de femme...

— Un portait de femme! répéta le Dragon-Rouge d'une voix sombre.

— Touang, Mâ n'est pas ta fille.

— Et quand cela serait?... Quel parti pourrais-tu tirer de ta découverte, pauvre niais qui n'as pas su garder ta liberté? Que pourrais-tu pour elle?...

— Lui rendre une patrie, une famille.

— Vois ces murailles épaisses qui nous entourent! Penses-tu sortir de ce sépulcre, autrement que pour marcher à la mort? Et puis, cette famille... cette patrie, les connais-tu?

— Touang, avec ce portrait, il y avait des lettres...

— Des lettres!

— Que j'ai lues...

— Malédiction! s'écria le Dragon-Rouge, il sait tout!

Et comme un fauve encagé, rugissant, tempêtant, il parcourut à grands pas l'étroit sépulcre de pierre qu'on lui avait donné pour prison. Paul courut à lui et lui prenant les deux mains :

— Touang, dit-il, tu aimes Mâ...

— Si je l'aime! fit le pirate avec un accent inénarrable; mais tu ne sais donc pas?... Cette enfant a toujours été ma joie, mon orgueil, le rayon de soleil qui illuminait ma misérable existence.

Elle m'a rendu presque bon, moi, le forban, moi, le bandit! Pour elle j'eusse tout sacrifié, parents, patrie, autels... Comment cela s'est-il fait? je ne sais. Je la haïssais d'abord comme je hais votre race maudite, et voilà que ma haine s'est fondue comme une cire molle sous son clair regard... Tu me demande si je l'aime, toi? toi à qui je la destinais pour femme, car elle est trop belle, trop pure pour s'allier à un Annamite... Oh! je le sais, va...

— Eh bien! au nom de cet amour qui t'élève à mes yeux, je t'en supplie, réponds-moi... Tu vas mourir demain peut-être : que deviendra-t-elle seule, abandonnée, privée de toute affection? Oh! prouve-lui cet amour en la rendant aux siens...

— Sa mère n'est plus, son père est mort dans mes bras.

— Mais il lui reste des parents, et, j'en jure le ciel, je les découvrirai.

— Pauvre fou! tu parles de l'avenir comme si tu ne devais pas partager mon sort...

— Je suis Français!

— Alors, si tu invoques cette qualité, c'est le conseil de guerre, c'est la mort qui t'attend.

— Au condamné on accorde quelques jours pour régler

ses affaires ici-bas... Dis-moi son nom, Touang; j'intéresserai mes juges en sa faveur, ils prendront sa cause en main, et moi... moi je mourrai tranquille, car je l'aurai sauvée.

— Non!

— Touang, je t'en conjure à genoux.

— Jamais, te dis-je! Ah! tu crois que le Dragon-Rouge a jeté son dernier cri? Non, il vivra. Avant huit jours il sera libre...

— Libre!...

— Et si tu veux partager mon sort, si tu te sens assez de courage pour risquer ta vie que rien ne menace encore contre une liberté incertaine, tu peux fuir avec moi.

— Comment! par quels moyens?

— Regarde!

Et le jeune homme, dont les yeux s'étaient déjà habitués à l'obscurité au point de pouvoir distinguer les objets environnants, vit le pirate se diriger vers le fond du cachot. Là, avec des précautions infinies, il enleva trois des énormes briques qui formaient la muraille, et démasqua une ouverture assez grande pour qu'un homme pût s'y glisser en se courbant.

Il suivit le Dragon-Rouge qui avait déjà disparu dans l'excavation. C'était un couloir étroit, mais pourtant suffisamment large pour qu'un homme y passât sans trop de gène, et long déjà de près d'un mètre.

— Mais où ce boyau te conduira-t-il? demanda Paul surpris d'un tel travail.

— Pour entreprendre cette tâche, répondit Touang, il fallait avoir l'exacte connaissance des lieux. Cette connaissance je la possède, grâce à certaines observations que j'ai pu faire, car on ne m'a pas conduit ici de nuit, grâce aux indications que j'ai su tirer adroitement de mes gardiens.

Nous sommes ici dans une des casemates de la citadelle, casmate creusée dans la muraille qui longe le fleuve.

— Eh bien?

— Cela m'a décidé. Les murailles de Hué n'ont pas plus de trois mètres de hauteur, et ce cachot, auquel on parvient, comme tu as pu le voir, par un corridor voûté, est déjà élevé de près d'un mètre au-dessus du sol. Donc pour parvenir au sommet du rempart, il suffisait de creuser une galerie de deux mètres; mais en lui ménageant une pente sensible, cela doublait la tâche. Ce travail je l'ai entrepris le jour même de mon arrivée ici, sans autres outils que mon poignard, et un anneau de fer descellé de la muraille, sans autre vase pour vider les terres que je tire de l'excavation, que mon chapeau de jonc...

— Mais ces terres, qu'en fais-tu?

Touang frappa les dalles du manche de son poignard; elles rendirent un son caverneux.

— Sous ce cachot, reprit-il, existe un canal souterrain qui conduit au fleuve les eaux de la citadelle; je n'ai donc eu qu'à utiliser cette décharge naturelle pour me débarrasser des pierres et des matériaux qui eussent pu me trahir.

— Et tu ne crains pas d'être surpris?

— Grâce à l'écho sonore du corridor, au temps qu'il faut pour ouvrir cette lourde porte de *schen*, j'ai le loisir de tout remettre en place avant qu'on puisse parvenir jusqu'à moi. Et puis, autre motif de sécurité, les soldats ne viennent que deux fois par jour, le soir et le matin, m'apporter ma pitance; travaillant sans relâche, j'ai pu mesurer le temps, en comptant le nombre de fois que je verse dans le canal, mon chapeau plein de terre.

Puis, se tournant vers Paul, qui l'écoutait, surpris de ce qu'il avait fallu d'esprit, d'audace et surtout d'énergie à cet homme pour accomplir en si peu de temps ce travail de géant, il reprit :

— Ainsi, c'est décidé, tu partageras avec moi les chances de cette évasion?

— Soit, dit Paul résolûment, mais à une condition.

— Parle.

— Tu ne me cacheras rien de ce qui concerne ta fille adoptive.

— Plus tard, répondit le pirate, quand nous serons libre...

— J'ai ta parole?

— Tu l'as...

Assis l'un près de l'autre sur l'immonde litière infestée de vermines qui, en Annam, compose la couche des prisonniers, les deux hommes avaient repris leur conversation; ils avaient tant à se dire!

Aux questions de Paul, le Dragon-Rouge lui raconta comment, au moment où son navire s'enfonçait sous ses pieds, après avoir tenté sans succès de mettre le feu aux poudres, privé d'une partie de son équipage, il avait été contraint par les survivants de se rendre à discrétion.

Le commandant de l'aviso prenait déjà la route de Saïgon, quand Touang lui fit remarquer qu'il était sujet annamite, que c'était dans les eaux de l'Annam qu'il avait été capturé, et que, seul, le roi Tu-Duc avait le droit de statuer sur son sort. Ce raisonnement était péremptoire, et Touang, qui, à Saïgon, eut été condamné comme pirate, avait la ferme espérance d'être absous par ses compatriotes.

En effet, ce n'eut pas été la première fois que des forbans, pris les armes à la main, et conduits à Hué pour y être jugés, auraient été, aussitôt après le départ des croiseurs, remis en liberté ou incorporés dans la marine royale, tant est grande la haine que le gouvernement de Tu-Duc a vouée aux puissances occidentales, tant est vive la tendresse qu'il ressent pour tous ceux qui se livrent à l'intéressante industrie d'écumeurs des mers (1).

Ces faits constituaient des précédents de nature à rassurer le Dragon-Rouge; il attendait l'avenir avec une confiance imperturbable.

Mais cette fois les choses étaient trop graves : un misérable forban avait insulté le drapeau français; ce crime ne pouvait rester impuni. Le commandant du croiseur, officier énergique et résolu, réclama impérieusement l'incarcération et le jugement du coupable.

(1) Afin qu'on ne nous accuse pas d'exagérer ou de dénaturer les faits pour les besoins de notre histoire, nous allons transcrire ici quelques lignes du livre de M. Dutreuil de Rhins, officier de notre marine militaire, qui commanda quelque temps un navire annamite. Cette citation, tirée d'un ouvrage qui jette un grand jour sur la société annamite et dont nous avons largement profité, en dira plus au lecteur que tous les exemples que nous pourrions lui offrir.

« Les Annamites ne peuvent voir une jonque sans la soupçonner de faire » de la piraterie, et je serais assez disposé à croire que toutes en font à l'occasion; mais comment les reconnaître? et en admettant que les jonques » chinoises et annamites possèdent des papiers ou des expéditions en règle, » qui ira et pourra s'en assurer? Le gouvernement, c'est-à-dire le gouvernement des mandarins, ne paraît pas s'en émouvoir, la piraterie lui paraissant » tout aussi naturelle que le vol. Chacun profite des deux, comme il peut, au » détriment de tous et de l'État. Les pirates chinois sont plus redoutés que les » pirates annamites et jouissent d'une liberté complète. Un navire étranger, » ayant saisi une jonque de pirates chinois, les livra à Hué, où on leur rendit » aussitôt la liberté, soit pour ne pas se créer d'embarras avec la Chine, soit » pour se ménager dans ces bandits des alliés contre un ennemi cent fois » plus redouté : les Français. Les Annamites ont assez d'esprit pour ne pas » se contenter de remettre ces gaillards là en liberté; ils les prennent à leur » service, et, Than m'assurait que sur les jonques chinoises au service du roi » à Touane-Ane, plus de la moitié des équipages était composé de ces braves » gens, qui dès lors ne pillent plus qu'en bonne compagnie. » (Le royaume d'Annam et les Annamites. Paris, E. Plon et Cie éditeurs.)

— Si justice ne m'est pas rendue, dit-il fièrement au mandarin ministre de la marine, qui, cauteleux et impudent comme tous les Annamites, essayait d'embrouiller les cartes, j'en informerai mon gouvernement, et il saura se faire respecter...

Devant cette énergique déclaration, le ministre de la marine s'était vu, à son grand regret, forcé d'incarcérer le Dragon-Rouge et de commencer un semblant de procédure.

Voilà pourquoi Touang-yé-ou attendait en prison l'arrêt de ses juges.

Les autres pirates, instruments subalternes, en avaient été quittes pour une cinquantaine de coups de *cadouille ;* l'officier français dont l'intention était seulement de faire un exemple salutaire sur les chefs, n'en avait pas exigé davantage.

A son tour Paul raconta au pirate ce qui lui était arrivé depuis le moment où, miraculeusement échappé des flots, il avait été sauvé de la dent du tigre par les sauvages, jusqu'à la désagréable surprise que lui avait causé son arrestation.

— Pauvre fou, lui dit Touang, en t'informant de moi dans un pareil moment, tu courais bénévolement te jeter dans les griffes de la justice !... Tu as été vendu par Liou-Fou...

— Mais pourquoi, si le gouvernement use de tant de ménagements envers MM. les pirates, pourquoi cette arrestation, dont le besoin ne se faisait nullement sentir?

— Parce que tu as été pris pour mon lieutenant, parce que le gouvernement a la main forcée par la présence pleine de dangers d'un navire français sur le fleuve; et, puisqu'il se voit contraint de me sacrifier, il ne lui en coûtera pas plus de te sacrifier avec moi. Au contraire, c'est une preuve de la sincérité de ses intentions qu'il donne là; on lui demande une tête, il en offre deux, tout est pour le mieux!

— Mais, je réclamerai, je ne suis ni pirate, ni annamite, moi!

— On ne t'écoutera pas; on, si on t'écoute, on refusera de te croire. Pauvre niais! tu t'imagines que les procédures criminelles suivent ici les mêmes voies que chez toi? Selon toutes probabilités on nous jugera sans même nous interroger, et, un matin, on viendra nous prendre, en grand appareil, pour nous conduire au supplice. Nous ne connaîtrons notre arrêt qu'au moment de son exécution...

— C'est affreux!

— C'est comme cela! Cependant, rassures-toi, nous serons loin, alors.

— Et si on s'aperçoit de notre évasion?

— On s'en apercevra forcément; au besoin même on y aiderait. Comprends ceci : nous en fuite, le gouvernement se trouve dégagé, et, de plus, il a la satisfaction de se moquer des Français, tout en ayant l'air de les plaindre...

***

Les prévisions de Touang se réalisèrent pleinement. S'il était vrai qu'à Hué, les grands mandarins instruisaient le procès des deux accusés, cette instruction se faisait à leur insu.

Sauf le gardien, qui, deux fois par jour, venait leur apporter leur ration de riz cuit à l'eau, sans aucun assaisonnement, personne ne pénétrait dans le cachot.

Aussi avec quelle activité fiévreuse ils employaient le temps, l'un armé de son poignard, l'autre d'un grand anneau de fer auquel adhérait la longue tige qui avait servi à le sceller dans la muraille! Sous leurs coups furieux, la terre humide et friable s'ouvrait comme par enchantement; chaque minute de travail leur faisait gagner un pouce de terrain...

Puis, quand leur travail de mineur avait amoncelé autour d'eux une trop grande quantité de déblais, vite, avec leurs grands chapeaux coniques, ils se hâtaient de faire disparaître, grâce au canal souterrain qui passait sous le cachot, ces indices par trop compromettants.

Tout en travaillant, ils causaient. Touang expliquait à son jeune compagnon comment, quelques heures seulement après son incarcération, il avait, en tâtant les murs, senti que le ciment qui reliait les briques entre elles, détrempé par l'humidité, s'écaillait sous son doigt. C'est alors que, renseigné sur la position qu'occupait la prison, il avait conçu et commencé à mettre à exécution ce hardi projet d'évasion.

— On ne pouvait me donner un compagnon de peine plus agréable que toi, disait-il en riant; à deux on fait plus de besogne...

— Mais que comptes-tu faire après ton évasion? lui demanda Paul.

— Gagner le Tonquin, où, je te l'ai dit, je possède une fortune princière; armer mes autres navires, et recommencer ma lutte éternelle contre les Français...

— Tu les hais donc bien les Français?

— Si je les hais!... N'est-ce pas d'eux que nous viennent tous nos malheurs?... ne nous ont-ils pas volé une partie de notre territoire?... dans deux occasions récentes, ne nous ont-ils pas bafoués, humiliés?... et, il y a quelques jours à peine, qui a coulé mon navire? qui est la cause de ma captivité?... Eux! toujours eux!...

— Pourtant je suis Français, et tu as serré ma main, tu m'as associé à tous tes projets...

— Ne me demande pas pourquoi, car je ne saurais te répondre, fit le pirate d'une voix sombre. Comme Mâ, tu m'as ensorcelé; comme elle, je crois que je t'aime presque...

Et brusquement il rompit l'entretien.

Pendant les trois jours qu'ils passèrent ensemble dans cet étroit cachot, jamais Paul ne parla au pirate, ni de Mâ, ni des siens, quoique bien souvent cette question lui brûlât les lèvres. Mais Touang avait promis de lui dire toute la vérité, et il avait confiance en sa promesse.

Ils travaillaient toujours avec un courage surhumain, ne reculant devant aucune fatigue. La galerie souterraine s'élargissait, augmentait chaque jour de longueur. Leurs yeux s'étaient complètement faits à l'obscurité; ils pouvaient voir dans les ténèbres; dans ce silence affreux, sépulcral, qui pesait sur eux comme un manteau de plomb, leur ouïe aussi avait acquis une finesse étonnante : jamais le gardien n'avait pu les surprendre en faute.

Quand Touang jugea que le travail était assez avancé, il laissa Paul s'en occuper seul, et, choisissant parmi les brins de paille qui formaient leur litière les moins pourris, entreprit de tresser une corde longue et solide.

Enfin Paul annonça à son compagnon d'infortune que, selon ses calculs, il ne restait plus à creuser qu'une soixantaine de centimètres pour atteindre le sommet du rempart.

Silencieusement ces deux hommes, si différents sous le rapport de l'éducation, des croyances, des préjugés, se serrèrent la main.

L'infortune rapproche les caractères les moins disposés à sympathiser ensemble; une vie de souffrances supportée en commun efface tous les préjugés, toutes les distinctions sociales : l'homme se retrouve lui-même en face de sa misère.

— C'est assez! dit le Dragon-Rouge d'une voix qui

vibrait d'émotion. Suspendons tout travail : ce soir nous serons libres...

— Libres! répéta Paul avec une joie délirante.

Avec quelle anxiété poignante et fiévreuse, ils attendirent l'arrivée du gardien qui, chaque soir, venait leur apporter leur maigre pitance! Si le ministre s'était ravisé? s'il allait les séparer, les faire changer de prison? si l'heure du supplice était sonnée?

Et mille impossibilités, mille chimères se présentaient à leurs esprits surexcités et tendus vers un but unique : la liberté.

Mais non! L'homme arriva à son heure accoutumée, et, sans même se donner la peine d'inspecter le cachot, jeta leur ration aux prisonniers, puis se dirigea vers la porte.

Arrivé là, il se détourna.

Les prisonniers haletaient.

— Demain préparez-vous à paraître devant vos juges! dit-il d'une voix brève.

Et il sortit.

— Il était temps! s'écrièrent les deux hommes quand la porte se fut refermée. A l'œuvre, maintenant.

Sans plus attendre, ils s'introduisirent dans l'excavation, et, avec mille précautions, replacèrent les briques qu'ils avaient descellées pour que, le lendemain, on ne pût découvrir par quel chemin ils étaient sortis.

En creusant leur galerie, les hardis mineurs lui avaient ménagé une pente assez sensible; en se traînant sur les mains et les genoux, Touang son poignard, et Paul sa longue tige de fer entre les dents, atteignirent bientôt le point le plus élevé de leur ouvrage.

Là, ils s'arrêtèrent.

Une voûte de terre de soixante centimètres à peine d'épaisseur les séparait seule de la liberté.

— A l'ouvrage, dit Touang d'une voix hâletante, et vivement !

Leurs outils à la main, ils attaquèrent vivement le sommet de la voûte. Autour d'eux, au-dessus d'eux la terre molle et friable, s'éboulait sans bruit et allait combler l'extrémité inférieure de la galerie, leur coupant ainsi toute retraite.

Pendant plus d'une heure, ils travaillèrent ainsi, hâletants, épuisés dans ce milieu sinistre et sombre. Les déblais les ensevelissaient à moitié; privés d'air respirable, à bout d'efforts, l'asphyxie les prenait à la gorge, la tête leur pesait comme du plomb, et ils sentaient comme un cercle de feu, qui les étreignait aux tempes...

Mais l'espérance, cette aimable compagne des délaissés, leur prêtant de nouvelles forces, ils réagirent contre ces tortures physiques et continuèrent leur tâche avec une indomptable énergie.

Tout à coup la lame du poignard de Touang ne rencontra plus que le vide, et une bouffée d'air frais et imprégné des douces senteurs de la nuit, vint caresser son front brûlant...

Il était temps !...

X. — La Fuite.

La nuit était belle et pure, comme toutes les nuits printanières, sous ces chaudes latitudes. Une brise fraiche, embaumée des parfums des fleurs et des acres senteurs marines, tempérait ce que l'atmosphère pouvait avoir gardé de lourd, et agitait dans un doux bruissement les feuilles des arbres, qui élevaient de tous côtés leurs troncs noirs et rugueux.

Dans un ciel clair et limpide, brillaient des millions et des millions d'étoiles mobiles, et la lune, à son premier quartier, mirait son croissant argenté dans les eaux noires et clapoteuses du fleuve.

Des oiseaux solitaires jetaient çà et là leurs notes plaintives; mille barques immobiles trouaient comme des points sombres la zone éclairée du fleuve.

Les deux évadés, la tête seule hors de la galerie, jouissaient avec un bien-être indicible des charmes de cette belle nuit.

— Quelles sont belles les œuvres du Créateur! murmura Paul avec émotion. En revoyant toutes ces merveilles, il me semble que ma captivité a duré des mois et non des jours.

— Silence! dit Touang brusquement.

Les fugitifs se trouvaient à quelques pas à peine d'une de ces huttes, baraques faites de bambous et de paille qui, sur les remparts de Hué, servent à abriter des canons antédiluviens. Une sentinelle, la lance sur l'épaule, se promenait gravement devant la bouche du canon.

Le visage du Dragon-Rouge tout à l'heure si calme, si reposé se contracta hideusement; ses yeux lancèrent des éclairs, et sa main crispée se noua autour du manche de son poignard.

— Cet homme fait obstacle à notre fuite, dit-il avec un accent de sombre résolution; il mourra...

— Ne le tue pas, Touang! supplia Paul. Songe à ce que nous avons souffert, et que cette pensée te rende miséricordieux...

— Lui ou nous... il le faut!...

— Non, laisse-moi faire.

En ce moment la sentinelle tournait le dos aux fugitifs. Sans attendre la réponse du Dragon-Rouge, Paul se hissa péniblement hors du souterrain, et, rampant sur le ventre comme un reptile, suivit la trace du soldat.

Tout à coup ses muscles se détendirent comme des ressorts d'acier; il bondit sur ses pieds, et, étreignant à la gorge le malheureux soldat, il le renversa sur le sol.

Déjà le Dragon-Rouge était accouru.

— Un cri, et tu es mort! dit-il en lui faisant sentir la pointe de son poignard. Allons, continua-t-il en s'adressant à Paul, bâillonnons et ficelons solidement cette vermine.

Et, pendant que Paul maintenait le pauvre diable, incapable d'ailleurs de résister, Touang déchirait son misérable uniforme qui servit à confectionner un bâillon d'abord, des liens ensuite.

Quelques minutes après, il était solidement lié au canon qu'il était chargé de garder.

— Ne perdons pas une seconde, dit Paul alors; il est grand temps d'agir.

— Non, pas encore! Dans une heure la lune aura quitté l'horizon; ce sera le moment. Avant, sa lumière nous trahirait.

— Attendre!

— Nous avons bien attendu quatre jours! Que fait une heure de plus?

Paul ne répondit pas. Pendant une heure environ, ils restèrent là, couchés dans l'herbe épaisse, sans échanger une seule parole.

Enfin la lune, qui inclinait toujours à l'horizon, disparut derrière les collines de sable de l'ouest, et tout retomba dans les ténèbres.

— Allons! dit Touang en se levant.

Et, déroulant la longue corde qu'il portait à sa ceinture, il en attacha solidement une des extrémités aux poteaux de la hutte abri, et laissa l'autre glisser dans le vide.

— A moi d'abord, reprit-il, tu passeras ensuite.

Il empoigna le câble à deux mains et se laissa résolûment couler le long de la muraille, s'aidant dans sa descente vertigineuse des moindres saillies, des moindres interstices des pierres. Mais il avait mal calculé sa hauteur; la corde était trop courte. Touang n'hésita pas; lâchant l'extrémité du câble de paille qu'il tenait dans ses mains crispées, il s'abandonna dans le vide.

Le flot s'ouvrit avec fracas, se referma, et ce fut tout...

Moins d'une minute après, une deuxième ombre glissa rapidement le long de la muraille. On entendit encore le bruit d'une chute, et les deux hommes, à moitié étourdis, reparurent à la surface.

Devant eux un lourd sampang, mouillé sur le fleuve, se balançait mollement sur son amarre.

— Suis-moi! dit Touang, qui dans sa chute avait pu conserver son poignard passé à sa ceinture.

Et résolûment, il escalada les bordages du petit bateau. Par bonheur deux jeunes hommes seuls s'y trouvaient, dormant sur des nattes pourries par les infiltrations de l'eau. Les surprendre dans leur sommeil, leur poser le genou sur la poitrine, la main sur la gorge, tout cela fut pour nos hardis aventuriers l'affaire d'une seconde à peine.

— Je suis le Dragon-Rouge! dit Touang d'une voix sourde. Résistez, et je vous tue! Servez-moi, et je vous récompenserai libéralement.

La vue de cet homme qu'ils croyaient prisonnier au fond de la citadelle, emplit les deux jeunes hommes d'une crainte superstitieuse.

Il y a comme cela par le monde des popularités malsaines qui s'imposent à tous. Pour ces pauvres diables sans éducation, le Dragon-Rouge, démon vomi par l'enfer, pouvait tout : son audacieuse évasion en était une preuve. Aussi se gardèrent-ils bien de résister.

— Commande, maître, dirent-ils dès qu'ils purent respirer, nous sommes tes esclaves...

— J'accepte votre obéissance. N'avez-vous ni femme ni enfant ici?

— Nous sommes seuls, seigneur.

— C'est bien. Armez vos avirons et conduisez-moi à Fou-Camo.

Avec une promptitude qui prouvait combien ils étaient sincères, les deux hommes saisirent leurs lourds avirons et la barque remonta le fleuve, dirigée par le Dragon-Rouge qui, armé lui aussi d'un aviron, aidait à la manœuvre.

Fou-Camo est un petit village bâti sur la rive droite du Truong-Thien, et touchant presqu'à Hué. Pendant le trajet qui fut court, les quatre hommes demeurèrent silencieux.

Quand la jonque entra en rivière, Touang dit aux Annamites :

— Nous sommes forcés de nous cacher; connaissez-vous,

à Fou-Came, quelqu'un qui puisse nous donner asile jusqu'à ce soir?...

— Mon père habite le village, répondit un des hommes ; il ne vous refusera pas un abri.

— Et il est seul?

— Seul avec ma vieille mère

— J'accepte. Mais que les mandarins n'en sachent rien. Si je sais récompenser, je sais aussi punir, et Bouddha, qui m'inspire, frappe ceux qui me trahissent.

Ce discours, tout grossier qu'il était, eut un plein succès. Les pauvres diables se prosternèrent aux pieds du forban, et lui jurèrent une amitié éternelle.

Au moment où ils débarquèrent, le jour se levait dans toute sa splendeur. Sous les premiers rayons de l'astre de feu, la petite rivière apparut scintillante, empourprée comme un large ruban rouge pailleté d'étoile d'or. Les massifs de feuillage plantés comme un rideau mobile, les toits pyramidaux des cases et des pagodes, se colorèrent aussi de teintes vives et changeantes. Les hommes affairés sortaient déjà de leurs demeures; les bœufs beuglaient, les chiens aboyaient, les coqs chantaient, les poules gloussaient; la nature entière s'éveillait.

Les fugitifs, pour échapper aux regards curieux, se hâtèrent d'enfiler une ruelle encore abandonnée à quelques pêcs matinals. L'un des bateliers les précédait, l'autre était resté garder la barque. Soudain, il s'arrêta devant une petite case, basse, délabrée, et les fit passer devant lui en disant :

— C'est ici!

* * *

Une habitation annamite, surtout une demeure de pauvres diables est loin d'offrir un coup d'œil agréable. Les murs en bambou, en argile parfois, n'étalent qu'une surface unie, mais que l'humidité, les cousins, les moustiques se chargent d'embellir de dessins capricieux; le plafond n'est que le dessous du toit, supporté par une infinité de petites poutrelles, fort utiles pour suspendre les loques, si, ce qui arrive souvent, les coffres et les bahuts, les seuls meubles annamites, font défaut; le plancher, enfin, n'est que le sol battu.

Ajoutons encore que tous les coins sont encombrés de haillons, de misérables ustensiles de ménage, même d'immondices.

Mais il faut que le propriétaire soit bien misérable pour ne pas posséder une table, un banc, et surtout l'inévitable *tiane-fou.*

A l'entrée des voyageurs, les deux vieillards quittèrent les nattes sur lesquelles, suivant la coutume du pays, ils reposaient tout habillés. Le père pouvait avoir cinquante ans, et déjà il était courbé, cassé, abruti par une vie de misère et de privation; la mère, elle, n'avait peut-être pas quarante ans, et pourtant paraissait plus âgée du double.

Ce malheureux couple était vêtu de haillons sordides, et tellement en lambeaux que c'était à peine s'ils couvraient leurs membres maigres et rachitiques.

Paul, qui en avait vu d'autres cependant, fut douloureusement frappé de cet excès de misère.

— Père, dit le jeune batelier qui s'appelait Yang-ho, en désignant Touang, cet homme est le Dragon-Rouge. Il vient vous demander asile pour quelques heures...

— Le Dragon-Rouge! s'écrièrent les deux Annamites en reculant comme foudroyés par cette révélation.

— Plus bas! murmura le pirate. Plus bas!...

— Mais le Dragon-Rouge est prisonnier dans la citadelle...

— Il en est sorti, grâce à Bouddha, dont il est le fils bien aimé, reprit Touang sérieusement. Mais pas tant de paroles, vieillards. Voulez-vous, oui ou non, me secourir? Si oui, j'ouvrirai ma main, et la fortune viendra s'asseoir à votre foyer; si non, je la refermerai, et la malédiction du ciel s'appesantira sur votre toit... j'en prends les dieux à témoins...

Et, lentement, il étendit le bras droit vers les idoles familières.

Comme leur fils, les deux vieillards tombèrent à ses genoux; comme lui, ils murmurèrent :

— Commande, nous sommes tes esclaves...

Le Dragon-Rouge, un éclair satanique au front, les bras croisés sur sa poitrine savourait son triomphe.

A deux pas de là, Paul, attristé par tant de basse soumission et de grossière superstition, détournait la tête pour cacher son mépris.

— Que personne ne franchisse ce seuil, poursuivit Touang. Yang, procure-moi une feuille de papier et ce qu'il faut pour écrire.

Ce n'était pas chose facile dans cet intérieur d'illettrés. Enfin, après bien des recherches, le vieil annamite se souvint qu'il possédait quelques feuillets sur lesquels un bonze avait écrit des prières; un roseau taillé en pointe servit de plume, et, Yang ayant emprunté une tablette d'encre de Chine à un voisin, le Dragon-Rouge put libeller un billet qu'il tendit au jeune homme.

— Tu vas aller à Kieu-Deuoc, lui dit-il. Mais avant, une question. Connais-tu Tong-schien-ou?

— Le riche négociant chinois? Je connais au moins sa maison.

— Tu lui remettras cet écrit, à lui seul, entends-tu. Va et fais diligence.

Le jeune homme partit immédiatement. Touang demanda à manger, et ses hôtes, se multipliant, eurent bientôt tordu le cou à une vieille poule, la seule qu'ils possédassent, qui, accommodée au riz et au piment, constitua avec des poissons frits dans de la graisse, du thé et de l'eau-de-vie, un déjeuner assez passable.

— Tu as peut-être eu tort de te fier à ces gens, dit Paul en français.

— Non, car ils me seront dévoués tant que la peur et l'intérêt les guideront.

Trois heures après Yang était de retour, annonçant la prochaine visite du marchand chinois.

— Et que dit-on en ville? interrogea Touang.

— Ton évasion est connue, seigneur. Les Français jettent feu et flamme, et accusent le gouvernement de complicité. Mais les gens sages se frottent les mains, car ils savent que c'est Bouddha, Bouddha seul qui t'a tiré de ton cachot pour confondre les *barbares*.

La plus grande partie de la journée s'écoula sans encombre. Etendus sur des nattes dans un coin sombre, les fugitifs dormaient de ce sommeil de plomb qui suit toujours les grandes émotions et les fatigues corporelles. Depuis quatre jours c'était peut-être la première fois qu'ils reposaient en pleine sécurité? Vers les trois heures, Yang les réveilla

— Tong-shien-ou attend, dit-il.

— C'est bien.

Teng — abrégeons son nom — était un petit vieillard rond comme une tonne, ce qui chez les Chinois est le dernier degré de l'élégance, à l'œil vif, au sourire éternel. Sa physionomie, au premier abord, attirait plus qu'elle ne repoussait; mais il ne fallait pas s'y fier, la ruse et la fausseté formant le fond du caractère des célestes habitants de l'Empire du Milieu.

C'était un de ces brasseurs de mauvaises affaires, comme on en rencontre un peu partout. Arrivé quelque trente ans auparavant tout nu de Han-Kéou, grâce à ses talents divers, il s'était petit à petit amassé une fortune rondelette, et n'aspirait qu'au moment de se retirer dans sa province natale pour y jouir en paix du fruit de son industrie.

— Que veut le Dragon-Rouge de son idiot de frère? dit-il avec cette politesse chinoise, qui consiste à se faire le plus bas, le plus rampant possible devant son interlocuteur.

— Peu de chose, Tong, repartit Touang gaiement, une centaine de piastres en or, et le reste en mandats sur un de tes correspondants de Saïgon, si possible est...

— Tout est possible pour toi et pour moi. Voici la somme, dit-il en tirant une bourse de soie de dessous sa grande robe. Quant aux lettres de change, tu vas les avoir.

En homme de précaution, le Chinois avait apporté tout ce qu'il fallait pour écrire. Les lettres de change furent bien vite libellées, et quand le Dragon-Rouge eut apposé sa signature au bas d'un papier que lui tendit Tong, tous deux se déclarèrent satisfaits.

— Est-ce tout, reprit Tong au bout d'un moment.

— Non, il me faut encore deux fusils, deux revolvers, de la poudre et des balles et deux costumes complets; nos vêtements déchirés, souillés de terre et de vase pourraient nous compromettre.

— Avant la nuit tout cela sera ici.

Et le Chinois sortit.

Est-il besoin de dire que Tong-shien-ou était un des complices du Dragon-Rouge, un recéleur qui se chargeait de vendre le butin réalisé par son digne ami pendant ses peu louables expéditions?

La délicatesse de Paul était mise à une rude épreuve. Mais que faire? il ne pouvait que protester, et, il le savait, ses protestations n'eussent servi de rien. Oh! s'il ne s'était agi que de lui, il aurait bien vite planté là et le Dragon-

Rouge et ses complices plus ou moins inconscients; mais il y allait du bonheur, de l'avenir de Mâ, et il ne se croyait pas le droit d'abandonner l'œuvre commencée.

— J'irai jusqu'au bout! dit-il avec un soupir.

Touang de son côté s'occupait des derniers préparatifs; il voulait quitter Fou-Came le soir même, et pour cela, il n'y avait pas de temps à perdre.

— Il faut qu'avant deux heures tu parviennes à me procurer un canot, assez grand pour contenir quatre ou cinq hommes, et assez léger en même temps pour pouvoir remonter les rapides, dit-il à Yang. Tiens, voilà de l'argent, tu paieras ce qu'il faudra.

Yang répondit qu'il avait en vue ce qu'il fallait, une jolie pirogue, grande et élancée, que possédait un de ses voisins, et que sa pauvreté seule l'avait empêché d'acquérir pour son propre compte.

— Eh bien! dit Touang, fais diligence; et, si je suis content de toi, cette barque te restera comme un souvenir des quelques heures que j'ai passé sous ton toit.

— Quelles sont donc tes intentions? demanda Paul au pirate.

— Remonter le fleuve tant qu'il sera navigable, c'est-à-dire jusqu'au-delà des grands rapides; puis, quand nous serons forcés d'abandonner notre pirogue, suivre la ligne de terre jusqu'à Tourane, d'où nous nous embarquerons pour Saïgon.

— Pourquoi cette direction?

— Oublies-tu qu'à Hué, je puis être reconnu, non par les Annamites, mais par les Français?...

— Et à Saïgon?

— Là, c'est différent; on ne me connait que sous le nom de Touang-yé-ou.

— Et moi?

— Je réponds de tout.

Vers le soir tout était terminé; un émissaire envoyé par Tong avait apporté à la petite case des armes et des vêtements, et on n'attendait plus pour partir que l'arrivée de Yang.

Il arriva bientôt; mais pâle, consterné.

— Qu'as-tu? interrogea le pirate inquiet. Serait-on sur mes traces?

— Non...

— La pirogue sur laquelle tu comptais, te fait-elle défaut?

— Non, ce n'est pas cela...

— Eh bien?...

— Le choléra a fait son apparition dans la province de Hué, dit Yang avec effroi, et, rien qu'à Fou-Camo, trois personnes sont mortes depuis ce matin.

— C'est l'époque, répondit froidement Touang; pourquoi s'en étonner? Le choléra est, en effet, l'hôte assidu de la haute et de la basse Cochinchine, où il apparaît régulièrement au commencement de chaque année, surtout dans les plaines humides qui avoisinent Hué. Le gouvernement annamite, qui, par des assainissements, en desséchant les marécages, en prescrivant certaines mesures de propreté, pourrait, sinon arrêter le fléau, du moins enrayer sa marche, reste impassible devant ses terribles ravages. La saison des pluies, en purifiant l'atmosphère des miasmes délétères que dégage le sol suréchauffé pendant le printemps et l'été, apporte seule quelques mois de répit à la malheureuse population.

Cependant la pirogue était prête; Yang et son compagnon, engagés par Touang, attendaient à la porte. Avant de s'éloigner à jamais peut-être de cette maison qui lui avait été si hospitalière, le pirate, avec une sensibilité bien rare chez un pareil homme, remercia chaleureusement les deux vieillards et les força d'accepter, comme marque de sa gratitude, une vingtaine de piastres.

C'était toute une fortune pour ces pauvres gens qui remercièrent les larmes aux yeux.

— En route, dit Touang, ce devoir de reconnaissance accompli; en route, il me tarde d'être loin d'ici!...

Quelques instants après le canot, vigoureusement enlevé par les deux rameurs, glissait rapide et silencieux sur la rivière de Fou-Came, qu'il quitta bientôt pour entrer dans le fleuve.

La nuit était belle et claire, comme la nuit précédente. La lune nageait dans un ciel d'un azur foncé, tout constellé d'étoiles. Ses rayons légers et argentés tremblotaient sur la surface des eaux ou, glissant mystérieusement à travers les découpures des grands arbres, mettaient en relief leurs profils étranges.

Mais aucune animation, aucun bruit sur les jonques, immobiles sur leurs ancres. La terrible nouvelle avait déjà circulé partout; chacun essayait de s'enfermer et d'empêcher le redoutable fléau de pénétrer chez soi; mais aux abords des pagodes resplendissantes d'or et de lumière, la foule affluait comme dans les jours de grandes calamités.

Le silence était lugubre, troublé seulement par les hululements plus lugubres encore des oiseaux nocturnes.

— Chantez! dit Touang aux bateliers. Chantez, qu'on entende au moins le son d'une voix humaine.

Tremblants, ils obéirent. Mais eux aussi se ressentaient de la funèbre nouvelle, et, à place de joyeux *kiouc! kiouc!* qui accompagnent ordinairement les chants des rameurs, ce fut une plainte triste, longuement cadencée, qui rompit le silence de la nuit.

— Silence! reprit le pirate qui se sentait envahi par un malaise et une émotion étranges.

Tout se tut, et on n'entendit plus que le bruit cadencé des avirons, mêlé au clapotis de la houle à l'avant de l'embarcation, aux soupirs du vent dans le feuillage, aux cris funèbres des oiseaux de nuit.

Le fleuve était large et féeriquement éclairé par les clartés de la lune et des étoiles; la pirogue en tenait rigoureusement le milieu, et Paul ne pouvait apercevoir que comme à travers un rideau de gaz les rives bordées de hauts massifs de verdure et de petites maisonnettes, qui se découpaient en noir sur le fond lumineux du ciel.

XI. — Sur le Truong-Thien. — Chasses et rapides.

Au matin suivant, la petite pirogue accostait au village de Tang-ho. Le fleuve était toujours large et majestueux; il roulait ses ondes puissantes entre deux rives admirables d'exubérance et de fraîcheur; le soleil, déjà haut dans le ciel, éparpillait de tous côtés ses flèches et ses gerbes d'or fauve, qui se brisaient sur la surface polie des eaux, ruisselaient à travers les branches des grands arbres, empourpraient le faîte des cases, et ajoutaient une splendeur nouvelle à toutes ces splendeurs.

Après un court repos à Tang-ho, la pirogue reprit sa marche, continuant de remonter le Truong-Thien.

— Pour aller sûrement, dit le Dragon-Rouge à son compagnon, il faut aller lentement. Nous nous reposerons fréquemment; mais jamais bien longtemps.

— Je m'abandonne à toi, répondit Paul, qui trouvait une compensation à ses ennuis dans la splendeur et la variété des tableaux qui se déroulaient sans cesse sous ses regards.

Le pays apparaissait de plus en plus montagneux et accidenté; les cimes perçaient partout : dans l'est, la colline de Dia-bigue qui domine une immense plaine de sable; dans l'ouest une foule de petites éminences boisées; dans le nord, dans le sud, d'autres chaînons encore. Les cases, les villages mêmes apparaissaient de plus en plus rapprochés, et dans les champs voisins, hommes, femmes et enfants soignaient leurs plantations de tabac, de bétel, de mûrier, de thé, leurs jardins potagers, ou labouraient le sol avec des charrues primitives traînées par des petits buffles à demi sauvages.

D'autres troupeaux conduits par des enfants se désaltéraient dans le fleuve, les bêtes ayant de l'eau jusqu'au poitrail, les conducteurs jusqu'au cou. Une multitude de barques, chargées de bois et des produits divers du pays, s'abandonnaient au courant, qui devait promptement les conduire à Hué.

Puis on dépassa Van-nène, Ngoc-ho où se trouvent les tombeaux des grands, petits édifices coquettement décorés, mais qui donnent à la contrée un aspect mélancolique; les immenses jardins royaux, merveilles créées à grands frais; les bains où Tu-Duc vient oublier, au milieu de ses femmes et de ses favoris, les soucis du pouvoir.

Paul eût bien voulu sonder d'un œil curieux les mystérieuses profondeurs de ces asiles du plaisir et de la paresse; mais il n'y fallait pas songer; une garde nombreuse veillait à toutes les issues, avec mission de repousser impitoyablement les touristes indiscrets.

A partir de Van-nène le paysage se modifie encore; la rive droite apparait encaissée par les premières assises d'un énorme plateau, sablonneux et hérissé de mornes, qui se continue jusqu'à la route de Tourane à Hué; l'autre rive, au contraire, asile aimé des tigres, des panthères et des buffles sauvages, est basse, marécageuse; mais couverte d'une végétation toujours jeune, toujours riche, grâce à la diversité des essences qui y abondent, aux lianes, aux parasites qui rampent sur le sol, entourent de leurs tiges flexibles les troncs et les branches, se tordent, s'enlacent, retombent sur le sol pour s'élancer de nouveau, et forment ainsi des draperies mobiles, des murailles verdoyantes du plus pittoresque effet.

Les fugitifs s'amusèrent à tirer quelques canards sauvages, des cailles, des bécassines, des pélicans, et même de gracieuses tourterelles qui roucoulaient amoureusement dans les buissons. Mais ce passe-temps les lassa bientôt, et ils retombèrent dans leurs préoccupations habituelles.

Yang et Co, les deux bateliers, étaient toujours admirables de prévenance et de dévouement. C'étaient eux qui, tout le jour, peinaient courageusement sur les avirons, qui allaient aux provisions, préparaient les modestes repas; eux qui, quand la *came*, cette perche qui remplace l'ancre sur les rivières, était plantée dans la vase, avaient encore quelques bons contes à débiter pour amuser les maîtres.

Ils étaient heureux, cela va sans dire. Bien nourris, généreusement payés, et surtout jamais battus, ils n'eussent pas échangé leur sort contre celui d'un premier ministre.

Le soir on mouilla sur le fleuve à quelque distance de Kieu-Touane, point où le Truong-Thien se divise en deux branches, dont l'une court à l'ouest, pendant que l'autre suit la direction sud-est.

La nuit, cette fois, ne se passa pas sans incident dramatique. Les fugitifs reposaient dans leur barque mouillée à quelques encâblures de la rive gauche, quand, soudain, ils furent réveillés par un glapissement sonore et prolongé.

— Un tigre! s'écria Touang en sautant sur son fusil.

— Peut-être ne nous attaquera-t-il pas? fit Paul qui s'était également mis sur la défensive.

— Il est là! répondit Co, là... dans les taillis...

Et l'Annamite étendit la main vers un buisson, où brillaient comme des lucioles deux yeux verts et magnétiques. Autour du monstre les branches craquaient et criaient: il se disposait à bondir.

— A moi le premier coup! fit le Dragon-Rouge avec un accent froidement résolu. Toi, tu tireras ensuite, autant que possible entre les deux yeux...

Et, épaulant vivement, il fit feu. Un rugissement terrible répondit à la détonation. Paul à son tour pressa la détente, et un deuxième cri de rage et d'agonie lui prouva que le monstre avait été atteint.

— Il est à nous! s'écria Touang.

A peine achevait-il qu'une ombre gigantesque bondissant par-dessus les roseaux, vint tomber dans la pirogue. Les deux hommes n'avaient plus que leurs revolvers. Paul déchargea ses cinq coups presque à bout portant. Le fauve, quoique mortellement atteint, enfonça d'un coup de griffe le crâne du malheureux Co, et allait en faire autant à Paul, quand le Dragon-Rouge, lui enfonçant jusqu'à la garde son poignard dans le cou, l'abattit foudroyé à ses pieds

Co avait déjà rendu le dernier soupir.

Anxieux, attentif au moindre bruit, la main sur la détente du fusil, les trois hommes attendirent le jour. Rien ne troubla le reste de la nuit, et quand l'aube radieuse enflamma l'orient, les rives du fleuve étaient toujours désertes et silencieuses.

L'énorme cadavre du fauve reposait au fond du bateau à

côté du corps affreusement mutilé du malheureux Annamite.

— C'est bizarre, dit Touang, il me semblait que les cris du tigre que nous avons tiré annonçaient un mâle, et c'est une femelle que nous avons abattue...

— Le mâle est mort d'abord, seigneur, fit Yang en hochant la tête. C'est alors que la femelle a voulu le venger.

— Voyons.

Il fit approcher la pirogue de la rive. Yang ne s'était pas trompé; le mâle était là, étendu dans les halliers teints de sang, le crâne à moitié emporté par les deux balles des aventuriers.

— Belles dépouilles! fit le Tigre-Rouge avec orgueil.

— Oui, murmura Paul; mais elles nous ont coûté la vie d'un homme!...

Touang haussa les épaules. Puis, aidé de l'Annamite, il transporta le deuxième tigre dans la pirogue qui s'éloigna aussitôt chargé de trois cadavres.

Quelques heures après, ils atteignaient le village de Buong-tam. Au moment où ils y débarquèrent, le petit village offrait un aspect extraordinaire, car on y voyait à la fois des larmes et de l'allégresse : le mandarin militaire mariait sa fille au fils d'un de ses collègues, et, dans la case voisine, l'*ongsa* (1) enterrait sa femme, une des victimes du choléra...

Le contraste entre les deux cérémonies était saisissant.

D'un côté un cortége nombreux, mais calme et recueilli, précédé de trois bonzes vêtus de jaune, la tête rasée, et marquant la cadence du pas au moyen de petits bâtons qu'ils frappaient vivement les uns contre les autres; une sorte de catafalque haut, monumental, orné de sculptures peintes et

(1) Maire annamite.

dorées, renfermant le cercueil, et porté par vingt hommes; des pleureuses habillées de blanc, en signe de deuil; des parents, des amis abrités sous de grands parasols; des porteurs de brûle-parfums; des musiciens même; voici pour l'enterrement...

D'autre part une foule joyeuse parée de couleurs éclatantes, accompagnée de baladins, de chanteurs, de joueurs d'instruments, portant dans des grands coffres de laques des bijoux, des parfums, des étoffes précieuses, entourait un palanquin aux grands rideaux de soie, derrière lesquels le fiancé se dérobait craintivement : c'était le cortège nuptial.

Le futur, escorté de ses parents, de ses amis se rendait à la maison du père de la jeune fille qui, après un immense banquet, devait la lui remettre en présence de tous...

En Annam, comme dans tous les pays polygames, la religion est tout à fait étrangère au mariage qui ne relève que de l'autorité civile et des parents des contractants.

Peut-être qu'à cette même heure, dans ce village en partie gagné au catholicisme, un prêtre baptisait furtivement un enfant, et que se symbolisaient ainsi les trois époques de la vie : la naissance, l'âge viril, la mort...

Touang, dont le caractère altier semblait s'être transformé depuis quelques jours, remit à de pauvres bateliers le cadavre de Co, et les paya libéralement pour qu'ils le fissent enterrer avec soin; en même temps il fit offrir au mandarin les dépouilles des deux tigres, comme un souvenir de son passage à Buong-Tam.

Puis la pirogue continua de remonter le fleuve, rendu plus difficile par le rétrécissement progressif de ses rives.

D'ailleurs le pays se faisait de plus en plus sauvage : une nature déserte, morne, sombre, que la magie d'un ciel pur et les splendeurs d'une végétation exubérante ne parvenaient pas à ézayer. Bientôt retentirent de terribles grondements ; on approchait des rapides.

Par bonheur le premier rapide, quoique bruyant, était peu dangereux, et, grâce aux efforts de Touang et de Yang, la légère pirogue, bondissant sur la lame, au milieu de flots d'écume put le remonter facilement.

Au-delà, le Truong-Thien s'étendait de nouveau plus large et plus calme que jamais.

A partir de ce point les rapides se continuent, plus ou moins longuement espacés, jusqu'à la source orientale du fleuve, peu éloignée d'ailleurs. Les aventuriers, continuant leur voyage, dépassèrent ensuite Kim-Ngoc, un fort et quelques misérables baraques qui marquent en quelque sorte la fin de la domination annamite dans ces parages.

Le reste du fleuve est abandonné aux tigres et aux *Moïs*.

La campagne, nous l'avons dit plus haut, se faisait de plus en plus sauvage et âpre. Masses granitiques aux flancs ravinés et convulsés, dunes de sables, marais profonds, jungles impénétrables, voilà les aspects qu'offrait le Truong-Thien jusqu'à de nouveaux rapides.

En cet endroit il était encaissé entre deux hautes collines; le flot, jusqu'alors si paisible, bouillonnait, rageait, se soulevait dans sa prison de granit, et couvrait d'écume les écueils qui émergeaient de tous côtés. Les hommes étaient devenus attentifs.

— Attention! cria Touang la main sur l'aviron qui servait de gouvernail. Nous jouons notre va-tout!...

— En avant! répondit Paul.

— En avant! répéta Yang.

Et, pendant que le Dragon-Rouge gouvernait, manœuvrant leurs avirons comme des perches, ils essayèrent de remonter le rapide. A la première tentative ils furent refoulés par le flot, et la pirogue, prise en travers, menaça de sombrer.

Du courage, dit le Dragon-Rouge, nous réussirons!

Avec un entêtement sublime, ils essayèrent de nouveau de franchir la nappe écumante qui s'épanchait avec fracas au milieu des rochers. Le succès trompa encore une fois leur espérance; la barque, heurtant un écueil caché sous l'eau s'entr'ouvrit, se démembra, et les trois hommes n'eurent que le temps d'embrasser la crête d'un rocher pour ne pas être engloutis avec elle.

Trempés, meurtris, mais saufs tous les trois, ils se trouvèrent comme par miracle cramponnés au même rocher.

— Naufrage complet! dit Touang avec dépit. Comment faire pour nous sortir d'ici?

La situation était assez critique; le fleuve, peu large à la vérité, bouillonnait et déferlait avec rage contre les écueils noirs qu'il couvrait d'embruns argentés : c'était un obstacle infranchissable.

— Comment faire? répéta Touang.

— Maître, proposa Yang, si tu veux j'essayerai de gagner l'autre rive à la nage.

— Tu seras broyé avant d'y parvenir, et, si tu y parviens, de quel secours nous seras-tu?

— Je nage comme un poisson. Vous attacherez à ma taille nos trois turbans; si je coule, ils serviront à me ramener à vous; si je réussis, une des extrémités attachée à un arbre, l'autre solidement enroulée autour d'un rocher, ils constitueront un câble qui vous permettra de vous soutenir au-dessus des eaux.

— C'est une chance à courir!... A l'œuvre!

Quelques minutes après, Yang, complètement débarrassé de ses vêtements, un long câble formé des turbans attaché à sa taille, bondissait de rocher en rocher. Parvenu au bord de l'eau profonde, il plongea brusquement, et, sans se laisser refouler par la houle, atteignit la rive en quelques bonds vigoureux.

Là, comme il l'avait dit, il noua solidement l'extrémité du câble improvisé au tronc d'un palmier d'eau. De son côté, Touang attacha l'autre bout à l'arête d'un rocher; puis, s'accrochant des deux mains au câble raide, il passa le premier sans encombre.

Paul opéra avec le même succès.

Mais la nuit allait venir et il était urgent de s'arrêter si on ne voulait pas s'égarer dans cette effrayante solitude. Les aventuriers se trouvaient sous le couvert d'une épaisse forêt où n'apparaissait aucune route, aucun sentier frayé; la rencontre de fauves ou de sauvages pouvait leur être fatale; mieux valait s'arrêter jusqu'au jour.

— Campons ici, dit le Dragon-Rouge; ce ne sera après tout qu'une nuit de repos bien gagnée. D'ailleurs, faut-il l'avouer? je me sens transi de froid et brisé de fatigue.

— Ne vaudrait-il pas mieux remonter jusqu'aux dernières cases annamites, où nous pourrions nous procurer une nouvelle pirogue? hasarda Paul.

— Veux-tu faire cette route de nuit au milieu des marais et des halliers fréquentés par les tigres et les panthères? Non, continuons notre route vers la mer; nous ne sommes guère éloignés de plus de trois jours de Troui ou de Cao-Haï.

— Pas même cette distance, interrompit Yang.

— Eh bien! arrêtons-nous ici.

Il fallait obéir. Paul et Yang avaient heureusement conservé leurs fusils, qu'ils portaient en bandoulière, et leur provision de poudre et de capsules, enfermée dans des grandes cornes de buffle, n'avaient aucunement souffert de l'eau. Pendant qu'ils s'éloignaient et parcouraient la forêt en quête de quelque gibier, le Dragon-Rouge, qui se sentait incapable de faire un mouvement allumait un bon feu de branches sèches.

A la nuit tombante les chasseurs revinrent. Ils apportaient, l'un un gros perroquet, l'autre un lièvre, qui, dépouillés en un tour de main et embrochés sur des baguettes de fusil, tournèrent bientôt devant la flamme.

Touang toucha à peine à ce succulent régal, et déclara qu'il voulait dormir. Inquiets, les deux hommes lui firent un bon lit de feuilles, et, s'accroupissant devant le feu qu'ils activèrent, résolurent de veiller.

La nuit fut épouvantable. Vers minuit se déchaîna un orage terrible, accompagné de torrents de pluie, d'éclairs et de tonnerre. Secoués par la rafale, les arbres de la forêt se tordaient avec de lugubres gémissements; la pluie crépitait sonore sur la feuillée, et s'amassait en mares ou en ruisseaux sur le sol glaiseux; les éclatantes détonations de la foudre, longuement répercutées par les échos, se suivaient régulières comme des décharges d'artillerie.

A chaque seconde des éclairs rouges, jaunâtres, verts, zébraient la nue de leurs zigzags de feu; au milieu de ces clartés soudaines et saisissantes, le ciel paraissait plus noir, la forêt plus sinistre.

Démontés par l'ouragan, les fauves erraient de tous côtés, affolés et rugissants. Les deux hommes, la main sur la détente de leurs fusils, attendaient anxieux, mais résolus, sans aucun moyen de préservation, car les ondées torrentielles avaient noyé leur feu.

Touang, lui, dormait toujours, mais d'un sommeil lourd, agité, troublé par les fantômes d'une imagination en délire.

***

La fureur de l'ouragan ne s'appaisa qu'au point du jour.

Les trois hommes se redressèrent alors, pâles, grelotant de froid et de fièvre. Ils déjeunèrent rapidement des reliefs de leur dîner de la veille, et se mirent en marche dans la direction du sud-est.

La forêt s'éclaircit bientôt; aux grands arbres succédèrent des taillis d'abord, puis de maigres plantes rampant sur un sol sablonneux, hérissé de petits mornes, nus, sans végétation, que l'ouragan avait désagrégés, déchiquetés, bouleversés. En coupant tout droit, les aventuriers pouvaient atteindre Troui le jour même; mais Touang s'y opposa.

— Non, dit-il, laissons Troui derrière nous et arrivons promptement à Choumay.

— Pourtant, observa judicieusement Yang, en gagnant Troui d'abord, nous pouvons profiter de la route impériale coupée de nombreux *trams* (1) et de villages où nous trouverons aide et assistance.

— Et où nous serons reconnus! Non, à Choumay j'ai des amis et des alliés. C'est là que nous nous arrêterons, dussions-nous camper encore une nuit en pleine forêt.

Il n'y avait pas à hésiter; il fallait obéir. L'étape se poursuivit lentement, péniblement à travers ce territoire inondé, hérissé de buissons épineux, de lianes rampantes qu'il fallait trancher pour s'ouvrir un passage. Touang s'affaiblissait de plus en plus. Ce n'était qu'au prix d'efforts surhumains qu'il pouvait placer un pied devant l'autre; malgré l'appui que lui prêtait Paul, il trébuchait à chaque pas.

Son fusil, sa bourse même étaient devenus trop pesants pour lui.

Aussi, c'était à peine si on franchissait un kilomètre par

(1) Relais où on trouve des palanquins et des porteurs. Ces relais sont ordinairement calculés d'après la course que peut fournir un homme en tenant compte des difficultés de terrain.

heure, et encore au hasard; car si les points de repère ne manquaient pas, le mont Troui au sud-ouest, les monts Choumay au sud-est, Touang était trop défaillant, Yang trop inattentif pour en tirer parti.

On s'égara plusieurs fois.

— Il faut s'arrêter, dit Paul résolûment; il est impossible de continuer la route dans des conditions pareilles.

— C'est la fatigue... l'émotion, le froid!... balbutia Touang. Oh! ne nous arrêtons pas : je suis encore fort...

— Raison de plus pour ne pas te surmener. Un moment de repos nous fera du bien à tous.

Touang essaya de protester, de marcher le premier; mais le mal vainquit sa volonté, et il s'affaissa sur le sol en portant les deux mains à sa poitrine.

— Je souffre!... oh! que je souffre!... fit-il.

Sérieusement alarmé, Paul demanda à Yang s'il ne serait pas prudent de retourner en arrière. L'Annamite hocha la tête.

— Nous sommes égarés, dit-il. Dans quelle direction se lancer? Je ne connais pas le pays et craindrais en vous guidant de vous égarer davantage. Attendons, ce malaise se dissipera : le Dragon-Rouge ne peut pas mourir comme un autre homme.

— Attendons! conclut Paul tristement.

Touang gisait sur le sol, inerte, anéanti. De temps en temps, il se soulevait péniblement sur son séant, et demandait à boire d'une voix déchirante. Paul avait vidé la corne de buffle dans laquelle il serrait ses capsules, et s'en servait pour aller puiser dans un pli de terrain un peu d'eau saumâtre laissée là par l'orage.

Le malade buvait avidement en répétant : *Encore!* Mais à peine avait-il bu que sa poitrine se soulevait en spasmes convulsifs, et qu'il rendait ensuite les quelques gouttes d'eau qu'il avait prises avec tant de plaisir.

Les heures s'écoulaient lentes, atroces, et aucune amélioration sensible ne se faisait dans l'état du Dragon-Rouge. Par moment, il semblait avoir conscience des conséquences déplorables que pouvait avoir ce retard; alors, il voulait se lever et marcher; mais, vaincu par la douleur, il retombait lourdement en poussant des cris et des gémissements inarticulés.

Et de gros nuages plombés couraient sinistres dans l'immense étendue du ciel! Et la nuit allait venir, aussi terrible peut-être que celle de la veille! Paul eut peur.

— Yang, dit-il au jeune Annamite, Yang, il doit exister aux environs un village, des huttes... Cours : Touang ne peut attendre, la nuit l'achèverait. Il faut que tu trouves du secours. Entends-tu, il le faut!

— Je ferai mon possible, répondit Yang; l'homme ne peut davantage.

Et il partit en ayant soin de laisser des indices qui lui permissent de retrouver son chemin.

La tête du pirate sur ses genoux, Paul attendait toujours. Il souffrait presque autant que le malade.

Ce n'est pas qu'il aimât le Dragon-Rouge; non, il y avait tout un abîme entre le caractère franc et honnête du jeune homme et la nature fausse et cynique du pirate; tout au plus lui devait-il un peu de reconnaissance; mais Touang était maître du secret qu'il essayait de pénétrer depuis si longtemps, et ce secret, il le lui fallait à tout prix.

— Non, il ne mourra pas! dit-il en implorant le ciel d'un regard empreint de la plus vive anxiété. Non, il ne peut mourir! Dieu ne voudrait pas laisser mon œuvre inachevée...

Deux heures après, Yang était de retour.

— Eh bien? interrogea Paul anxieusement.

— Je n'ai pas trouvé de village; mais simplement une hutte abandonnée, et distante d'environ une lieue. A nous deux, nous pourrons y transporter le malade.

— Soit! dit Paul.

Avec les lianes qui rampaient sur le sol, les branches de quelques arbres rachitiques, ils confectionnèrent à la hâte une sorte de civière sur laquelle Touang fut couché; et, courbés sous le poids de leur fardeau, ils s'acheminèrent péniblement vers la ca e découverte par Yang.

Il faisait nuit quand ils y arrivèrent.

XII. — La confession du Dragon-Rouge.

La hutte, composée de pieux fichés en terre et réunis par un treillage de bambous, couverte de chaume de maïs, était située dans un lieu sauvage, près d'une petite colline, aux assises de granit.

En y pénétrant, on était frappé de la détresse et du délabrement qui y régnaient. De pauvres ustensiles de cuisine, des vases servant à puiser de l'eau, des haillons étaient épars dans tous les coins, comme si leur propriétaire eût renoncé à les ranger; dans le fond se voyaient quelques nattes en putréfaction : c'était le lit...

Voilà ce que les aventuriers aperçurent, grâce aux rayons de la lune qui se glissaient à travers les lattes pourries du toit et les crevasses des murs, et éclairaient ce misérable bouge, comme ils eussent éclairé un palais.

— Yang, dit Paul, il faut du feu et de la lumière.

Après avoir aidé Paul à déposer sur les nattes le corps

inerte du Dragon-Rouge, le jeune Annamite sortit et revint presque immédiatement, portant une brassée de branches sèches qu'il enflamma en battant le briquet.

Quand la flamme brilla rouge, dorée, égayant de sa magique clarté cet infect taudis, les deux hommes revinrent près du malade. Le Dragon-Rouge, quoique très-faible, avait toute sa connaissance; il sourit à Yang et tendit la main à Paul.

— Merci de votre dévouement... murmura-t-il. D'autres m'auraient abandonné lâchement, et vous, vous m'avez soigné, porté, sauvé peut-être... C'est étrange ce que je souffre!... Il me semble que j'ai un volcan dans la poitrine... A boire... à boire!...

Yang avait déjà fouillé partout dans la hutte et découvert quelques feuilles de ce thé des pauvres, appelé *tra-hué*. Il s'empressa de les faire bouillir au feu, de verser le breuvage brûlant dans une tasse et de l'apporter au malade.

Mais il recula en jetant un cri : la flamme du foyer éclairait en plein le visage jauni et marbré de taches bleuâtres du pirate; ses yeux injectés de sang sortaient de leurs orbites; une écume blanchâtre mouillait ses lèvres; l'Annamite reconnut les symptômes du redoutable fléau.

— Le choléra! fit-il, fou d'épouvante.

— Le choléra! répéta Touang, qui par un suprême effort parvint à se redresser, le choléra!!! Malédiction! je suis perdu... Oh! quelle fatalité m'accable... était-ce donc la peine de m'évader, de braver la mort, sous toutes ses formes, pour venir piteusement expirer sur la couche d'un mendiant?... Mourir quand j'ai la tête pleine de projets gigantesques! quand je possède la puissance, la fortune d'un *voua*?... Mourir! mourir!... Et je m'appelle le Dragon-Rouge!... et je passe pour un dieu ici-bas!... Mourir!

Il était effrayant ainsi, effrayant de réalisme et d'énergie.

— A quoi servent donc la puissance, la fortune, le génie?

reprit-il. A quoi sert donc tout cela, puisque l'homme ne peut se garantir de cette chose stupide : la mort? Et quand je ne serai plus, qui continuera mon œuvre? Qui vengera mon pays comme je l'ai vengé?...

Epuisé par cet effort, il retomba lourdement sur sa couche. La révélation de l'Annamite l'avait foudroyé. Il savait qu'on n'échappe guère au redoutable fléau, et, se croyant condamné, il s'abandonnait lâchement à son sort.

Chose étrange, et qui prouve combien la volonté est puissante chez l'homme! dans les temps d'épidémie, on voit rarement succomber ceux qui affrontent le fléau, le bravent même, tandis que les esprits timides et prompts à s'affecter succombent à la première atteinte. De là le proverbe : « La peur tue plus que le mal!... »

— Réjouis-toi, Paul, reprit l'Annamite avec un sourire étrange; si je t'ai fait du mal, tu es bien vengé : avant une heure je ne serai plus...

— Je t'ai pardonné, Touang, fit le jeune homme d'une voix grave, et c'est du fond du cœur que je t'en donne l'assurance. Mais pourquoi ces blasphèmes? pourquoi ces regrets stériles?... Du seuil de la tombe vois tes égarements, tes crimes... Crois-tu qu'il ne faille rien faire pour les expier, les réparer?...

— Tu parles comme un bonze, mais sans me convaincre. Il y a longtemps, vois-tu, que j'ai transpercé à fond toutes les jongleries de notre religion, tous les mensonges grossiers de nos prêtres... Rien en delà, rien en deçà de la vie... le néant!...

Paul hocha tristement la tête.

— Il existe un Dieu, Touang, continua-t-il toujours de sa voix grave, un Dieu qui juge et punit... Humilie-toi devant lui, implore humblement sa clémence : plus qu'un autre tu en as besoin.

— Laisse-moi !...

— Et, à défaut d'expiation, ne te reste-t-il pas de grandes réparations à accomplir?...

— Que veux-tu dire?...

— Songe à Mâ, à celle que tu appelais ta fille, à cette enfant sans famille hier, sans protecteur demain...

— Ne me tente pas !... laisse-moi mourir en paix !...

— Et ta promesse?...

— Laisse-moi, te dis-je !...

— Et tu prétendais aimer cette enfant !... De quels sentiments était fait ton amour?... D'un mot tu peux la sauver, lui rendre une famille peut-être, et ce mot tu refuses de le prononcer !... Quel sort sera donc le sien? Que deviendra-t-elle quand tu ne seras plus là?... Mais tu veux donc qu'un jour elle maudisse ta mémoire !...

— Grâce ! exclama le moribond; je te dirai tout...

Et péniblement, il se dressa sur son séant plus pâle qu'un spectre. Tout son être était agité par un tremblement nerveux, ses dents claquaient, et sa respiration pénible et embarrassée, s'échappait en sifflant de ses lèvres décolorées.

Yang avait rallumé le feu qui jetait ses rouges reflets sur les trois acteurs de cette scène lugubre.

— J'écoute ! reprit Paul.

— Je te dirai tout, fit le mourant d'une voix faible, tout; mais qu'elle ne maudisse pas mon souvenir, qu'elle me revoie toujours comme son plus tendre, son plus fidèle ami !... Oui, c'était un soir de juin, il y a seize ans environ; le Dragon-Rouge croisait sous vapeur dans le golfe de Siam, quand, soudain, la vigie signala une voile.

« C'était un trois-mâts français, venant de Bordeaux, et chargé en destination de Saïgon.

» Nous en emparer fut l'affaire de quelques secondes, car, pendant que nous montions à l'abordage d'un côté, l'équipage, composé d'une douzaine d'hommes, et les passagers, s'embarquaient dans la grande chaloupe de l'autre.

» Seuls le capitaine et le second restèrent sur le pont et firent bravement leur devoir. Mais que pouvaient-ils contre le nombre? se faire tuer, c'est ce qu'ils firent...

» Pendant que mes hommes s'occupaient à faire passer les marchandises du trois-mâts dans nos cales, suivi de Fang-Tioue, je descendis, suivant mon habitude, dans la cabine du capitaine.

» Tout à coup un cri plaintif frappe mon oreille... Non, je ne me trompe pas; c'est bien un vagissement d'enfant! Brusquement j'ouvre la porte d'une cabine, et je vois, étendue sur un cadre, pleurant, mais charmante sous ses larmes, la plus adorable petite fille qu'il soit possible de rêver...

» Je n'ai jamais été sensible et pourtant, à ce moment, je sentis tout mon être tressaillir.

» Fang-Tioue avait déjà posé sa lourde main sur l'épaule nue de la petite créature.

— » Pâture pour les requins! dit-il en riant. C'est tendre, ça leur fera plaisir.

» Effrayée du son de cette voix, de ce brusque attouchement, l'enfant redoubla de sanglots; puis, tendant vers moi ses petites mains, elle sembla m'appeler à sa défense...

— » A l'eau!... » répéta Fang-Tioue.

» Je le repoussai durement, et, prenant la petite fille dans mes bras, comme un voleur, je courus la déposer dans ma cabine.

» Quand je remontai sur le pont, le trois-mâts canonné par mes hommes coulait lentement.

» Favorisés d'heureuses rencontres, chargés à couler bas d'or et de marchandises précieuses, nous fîmes voile pour le Tonquin (1) où, je te l'ai dit, je possède non loin du fleuve Rouge un magnifique établissement.

» La petite fille, que j'appelai Mâ, était toujours avec nous.

» Elle pouvait avoir deux ans, elle était charmante, et moi, dont le cœur n'avait jamais battu que de haine pour les oppresseurs de ma patrie, moi qui n'avais jamais aimé que les sanglantes péripéties de la lutte, les joies amères des représailles, je me pris à l'adorer comme un fou.

» Quelques mois s'écoulèrent. Fatigué de la lutte, j'essayais d'oublier dans le luxe, le repos, et surtout dans l'amour de ma fille adoptive, l'amertume de ma vie de bandit. Un soir, accoudé sur l'appui de ma fenêtre, je regardais machinalement la lune blanchir le faîte des arbres, argenter les eaux, quand, tout à coup, une barque traversa rapidement le bras de rivière qui borde mon habitation. Un homme en descendit, amarra sa barque au tronc d'un saule, et, escaladant le mur peu élevé du jardin, s'enfonça sous les ombrages.

» Machinalement je saisis mes pistolets; mais d'autres m'avaient prévenu et une détonation suivie d'un cri déchirant retentit dans la nuit.

» Je me précipitai au-dehors avec la foule des serviteurs : sous un grand figuier l'homme était étendu raide, inanimé, la poitrine trouée par une balle.

» On le transporta aussitôt dans la grande salle, car je voulais savoir qui était ce hardi malfaiteur. Mais soudain, je reculai : malgré les haillons chinois qui le recouvraient,

(1) A l'époque dont parle Touang, le canal de Suez n'était pas encore ouvert, et les communications avec l'Inde et la Chine étaient plus difficiles que de nos jours. Le Tonquin était alors un véritable nid de forbans qui ne reconnaissaient d'autre autorité que la leur. Ajoutons qu'il en est à peu près de même aujourd'hui encore.

cet homme n'appartenait pas à notre race... C'était un Européen...

» Des soins empressés le firent revenir à lui.

— » Ma fille!... » Telles furent ses premières paroles.

» Je compris alors, que cet homme était le père de Mâ.

— » Rassure-toi, lui dis-je, ta fille est sauvée, je te la rendrai... »

Un éclair de joie indicible illumina son front pâle; mais bientôt il secoua tristement la tête.

— « Non, dit-il avec effort, je suis frappé à mort, je le sais... Mais que je la revoie... que je l'embrasse une dernière fois...

» L'enfant lui fut apporté. Il la pressa plusieurs fois frénétiquement sur sa poitrine sanglante. Soudain, il la repoussa.

— » Orpheline! murmura-t-il, orpheline, et elle n'a pas deux ans!...

» C'était navrant...

» J'essayais alors de l'interroger, et j'appris qu'il se nommait Robert Viallac, qu'il était commissaire de marine, attaché à la légation de Saïgon. Il s'était marié, il y avait trois ans à peine, à Bordeaux, sa ville natale. Mais son bonheur avait été court; car, désigné pour la Cochinchine, il lui avait fallu s'embarquer, abandonner une femme adorée et une enfant de quelques mois à peine.

» Ce fut son premier chagrin, ce ne devait pas être le dernier. Sa femme, d'une constitution délicate ne put résister au chagrin que lui causait cette séparation si cruelle. Après un an à peine de mariage, elle mourut en prononçant son nom. Fou de douleur, le malheureux résolut de se fixer à jamais à Saïgon, et quand il crut sa fille assez forte pour supporter le voyage, il écrivit à ses parents pour la faire venir près de lui.

» L'enfant et sa nourrice furent embarquées sur un trois-mâts du commerce. Elles approchaient déjà du terme de leur voyage quand, dans le golfe de Siam, arriva la catastrophe que tu sais. L'équipage affolé, deux ou trois passagers, la nourrice se jetèrent dans la chaloupe, oubliant l'enfant dans leur précipitation.

» Ils furent recueillis par une jonque, et, après bien des péripéties, débarquèrent à Saïgon.

» Juge du désespoir du malheureux père quand la nourrice, en pleurant, lui raconta cet affreux événement! Anéanti, brisé d'abord, il puisa dans l'excès même de sa douleur une énergie et une force terrible, et jura de retrouver son enfant ou de poignarder son ravisseur.

» Quelques suppositions des matelots le mirent sur la piste. Le Tonquin, à cette époque était pour ainsi dire inconnu des Européens et passait — ce qui était vrai alors, ce qui est vrai encore aujourd'hui, — pour un repaire de pirates. Viallac n'avait aucun fonds à faire sur la protection du gouvernement : quelques réclamations qui n'eussent point été écoutées, c'était tout ce qu'il pouvait. Les Français n'avaient encore que timidement posé le pied en basse Cochinchine; ils ne nous avaient pas encore imposé à coups de canon ces humiliants traités de 1874-75; ils ne s'étaient pas encore établis à Haï-Phong, à Ha-Noi; nous étions les maîtres chez nous.

» Il prit un congé, se déguisa en Annamite de la basse classe, et seul, avec une petite barque qu'il avait achetée, entreprit d'explorer les principales artères du fleuve Rouge.

» Le hasard le servit à merveille; dans une taverne d'opium, il rencontra Fang-Tiouc qui, déjà grisé par le redoutable toxique, racontait à une dizaine de matelots et de soldats les résultats de notre dernière expédition.

» Le plan du Français fut vite fait : s'introduire chez moi

seul, par ruse, enlever sa fille — il savait qu'elle vivait — fuir, et s'embarquer aussitôt...

» Malheureusement il avait compté sans mes serviteurs qui faisaient bonne garde.

» J'avais écouté en silence ce récit du malheureux père, et mon cœur se serrait douloureusement, car, telle est la puissance des pures amitiés que l'homme aime même ceux qui, de loin ou de près, tiennent à l'objet de leur affection.

» Et j'aimais MÂ; je sentais que j'aimais son père...

— » Du courage, lui dis-je, j'ai sur mon navire un habile chirurgien, il te sauvera.

— » Non, fit-il en hochant la tête, je suis perdu; à peine si j'ai quelques heures à vivre. Mais je mourrai content si tu me promets une chose.

— » Parle.

— » Tu n'abandonneras pas ma fille, tu feras ton possible pour la rendre aux miens... à mon frère Jacques Viallac...

— » Je te le promets...

— » Mais s'il en était autrement, si tu ne pouvais tenir ta promesse, jure-moi que tu respecteras la religion de ma petite Elisabeth : elle est chrétienne et catholique, que tu n'essayeras jamais de lui donner un Annamite pour époux...

— » Bien frère, ton désir est une loi pour moi.

— » Merci! fit-il en tirant péniblement de son sein un petit médaillon et quelques lettres. Voici tout ce que je peux lui léguer, continua-t-il d'une voix de plus en plus affaiblie, le portrait de sa mère, les lettres de mon frère... Promets-moi encore de lui rendre ce modeste héritage le jour où tu lui découvriras sa naissance... où tu lui parleras de moi... quand elle aura vingt ans...

» Je promis encore et le blessé parut plus calme. En ce moment mon chirurgien entra. En examinant le blessé, il fit une grimace significative et déclara qu'il n'y avait rien à faire. En effet, Robert mourut le lendemain en murmurant trois noms.

— » Jeanne!... Elisabeth!... Bordeaux! »

» J'étais sincèrement décidé à tenir ma parole, à essayer de rendre à sa famille cette pauvre petite créature. De longues années s'écoulèrent sans que les événements me permissent de rien entreprendre; l'affection étrange que j'avais vouée à MÂ devait faire le reste : j'eusse préféré mourir que de m'en séparer.

» Tu sais tout... »

Ce ne fut pas sans de grands efforts, sans s'y reprendre à bien des fois que le Dragon-Rouge put terminer ce long récit. Quand il eut terminé, sa tête retomba en arrière et ses yeux se fermèrent.

— Mort! dit Paul. Mort!...

Ce n'était qu'une crise; Touang revint bientôt à lui.

— Tu la sauveras, reprit-il en tirant de son doigt une bague bizarre, dont le châton représentait la tête monstrueuse et l'anneau le corps écailleux d'un dragon. Tiens, prends cet anneau, et grâce à lui, ma puissance, ma fortune t'appartiendront, mes hommes t'obéiront comme à moi-même... Tu la ramèneras en Europe, tu l'épouseras... et... quelquefois vous penserez à moi...

— Mais elle, Touang?... Elle, la retrouverai-je à Saïgon?...

— Elle?... De qui parles-tu?... fit le Dragon-Rouge, dont la tête vacillait sur les épaules, dont la bouche contractée n'avait plus que des sons inarticulés.

— De ta fille!... de MÂ!...

— Mâ!... répéta-t-il. Elisabeth!... Oh! malédiction! c'est fini.

Et tout son être s'agita, se tordit comme mu par une commotion électrique; puis ses membres se raidirent, ses yeux se fermèrent...

Il était mort!

. . . .

. . . .

Huit jours plus tard, Paul désespéré, mais triomphant, entrait à Saïgon.

Sa résolution était prise : il allait se constituer prisonnier. C'était la mort qui l'attendait; mais que lui importait maintenant! maintenant qu'il avait réussi, qu'il connaissait le vrai nom de Mâ, maintenant qu'il possédait les lettres et le médaillon — preuves irréfutables, — qu'il avait sous la main Yang qui, ayant entendu comme lui la confession du pirate, — devenait un témoin précieux!...

Il ferait demander une entrevue à son capitaine qui avait toujours été bienveillant pour lui; il lui confierait tous les détails de cette histoire étrange, lui remettrait les preuves de ce qu'il avançait et le supplierait de protéger la jeune fille.

Il pourrait mourir alors : son œuvre serait terminée.

Par un hasard assez étrange, le sergent de garde à la porte de la caserne, était justement ce même Blanchet avec qui, le jour où il avait appris la mort de son père, il avait eu cette altercation. Cause de tous ses malheurs.

— Je viens me constituer prisonnier, dit Paul.

— Qui es-tu? demanda le sous-officier qui ne reconnaissait pas son ami pâle, amaigri, défait et encore couvert du costume annamite.

— Paul Lavergne.

— Toi!...

Et au lieu d'appeler la garde, il lui sauta au cou, et l'embrassa avec effusion.

— Toi!... toi!... répétait-il! Mais d'où viens-tu? d'où sors-tu? Tu parles de te constituer prisonnier... tu ne sais donc pas?... l'amnistie dont on nous parlait tant a été votée... tu n'es plus déserteur...

— Mais... fit Paul en hésitant, je crois que je t'ai...

— Bousculé, mais si peu, si peu que ce n'était pas la peine d'en parler, aussi, je n'ai rien dit! Dans ton chagrin tu as pris pour une montagne ce qui n'était même pas une taupinière...

— Mais viens que je te *représente* aux amis.

Ahuri d'abord, Paul revint bientôt au sentiment de la réalité.

— Sauvé! murmura-t-il ivre de joie. Je peux donc penser à *elle*, maintenant! me consacrer tout entier à son bonheur! terminer moi-même l'œuvre à laquelle j'avais voué ma vie! Oh! mon Dieu, soyez béni!...

***

Le lendemain Paul, réintégré dans sa compagnie, avait déjà repris son service.

L'amnistie, dont tous nos lecteurs se souviennent, l'avait lavé du crime de désertion; la précaution qu'il avait eue de faire rapporter son uniforme à la caserne, faisait qu'on ne pouvait l'accuser de vol d'effets appartenant à l'Etat; Blanchet, enfin, n'ayant pas porté plainte, il n'était pas coupable de voie de faits envers un supérieur. Donc, de tout ceci, il résultait que notre héros, après un mois environ d'absence, revenait au régiment, blanc comme neige.

Dès qu'il fut libre, il courut à la maison de Touang; il voulait voir Mâ, ou plutôt Elisabeth Viallac, lui apprendre la mort de celui qu'elle avait toujours considéré comme son père, lui faire part enfin de tous les événements extraordinaires qui depuis quelques jours avaient bouleversé sa vie.

Il frappa à la porte. Pas de réponse. La petite maison était muette comme un sépulcre.

— Mon Dieu!... pensa-t-il, la sueur de l'angoisse au front; le choléra!...

Il frappa plus fort. Pas de réponse encore. Quelques voisins, attirés par le bruit, s'approchèrent, questionnèrent le jeune homme, et lui apprirent que le surlendemain du départ de Touang-yé-ou, la jonque le *Sé-ké-Man* était venue prendre Mâ et la servante pour les conduire au Tonquin.

Paul demeura un moment anéanti et comme foudroyé par cette révélation.

Touang l'avait donc trompé? Non, il se souvint de ses dernières paroles, paroles obscures, embrouillées que la mort l'avait empêché d'achever; mais qui, sans nul doute, devaient le renseigner sur le sort de la jeune fille.

Alors son regard s'arrêta sur la bague qu'il portait au doigt, et son front se rasséréna.

— Elle est sauvée! murmura-t-il. Cet anneau, Touang me l'a dit, est un talisman qui me confère sa puissance suprême, qui me fera le maître de ses hommes et de ses trésors. Il m'institue son héritier... Eh bien! soit, j'accepte la succession avec tous ses dangers. L'or et l'outillage du mal deviendront entre mes mains cette clef mystérieuse qui enchaîne les cœurs, achète les consciences. Cette puissance, Touang l'a possédée avant moi; il s'en est servi pour assouvir sa haine, ses passions; moi je m'en servirai pour réparer ses crimes! A l'œuvre donc! Nous verrons bien qui l'emportera du bien ou du mal!

« Elisabeth! je te retrouverai!... »

XIII. — CONCLUSION

Trois mois après les événements rapportés dans les précédents chapitres, la classe à laquelle appartenait Paul Lavergne reçut l'ordre de s'embarquer pour la France où elle devait être bientôt congédiée.

Le jeune homme, que des motifs puissants retenaient en Annam, obtint sans peine de rester à Saïgon.

Du jour où il avait repris son service sa conduite avait été exemplaire. Il sentait le besoin de se faire pardonner. Mais s'il remplissait avec zèle ses modestes fonctions de soldat, si ses chefs n'avaient plus aucun reproches à lui faire, ses amis ne le reconnaissaient plus. Toujours sombre, toujours soucieux, dès qu'il pouvait disposer d'un moment, il quittait la citadelle, et par les rues de Bang-Kok et de l'Hôpital, il descendait sur l'ancien quai Napoléon, aujourd'hui quai du Commerce, et s'arrêtait devant une petite maison basse, modeste, aux portes et aux fenêtres toujours fermées.

De profonds soupirs soulevaient sa poitrine.

C'est que cette maison était celle où il avait passé les plus heureux jours de sa vie, c'est que là il avait connu Touang-yé-ou, le redoutable Dragon Rouge, et Mâ, ou plutôt Elisabeth Viallac, la blonde enfant à qui il avait donné son cœur.

Et de tout ce bonheur, de ces jours heureux, que restait-il? La maison était muette et désolée comme un sépulcre; Mâ, tombée au pouvoir des pirates, l'appelait en vain; retenu par son devoir, il ne pouvait quitter Saïgon et voler à son secours comme il l'aurait voulu.

A toutes ses questions, les voisins n'avaient qu'une réponse, toujours la même :

Le lendemain du départ de Touang, une barque est venue s'arrêter presque en face de la petite case; Mâ et la vieille servante n'ont eu que le temps d'emporter leurs effets les plus précieux avant de s'embarquer.

— Mais, où allait cette barque?

— Au Tonquin, répondaient toujours les voisins.

— Mon Dieu, murmurait Paul, dites-moi que tout cela n'est qu'un rêve, un affreux cauchemar!... dites-moi que je me réveillerai bientôt, que je *la* retrouverai!...

Mais la réalité était là implacable, terrible : il ne devait plus revoir Mâ.

— Et ne pouvoir bouger! reprenait-il, être cloué ici par le devoir!... Oh! c'est trop affreux!...

Il désespérait...

Puis, tant est mobile la nature de l'homme, il avait des éclairs d'espoir et de confiance. La bague étrange qu'il portait toujours à son doigt, ce talisman merveilleux qui le sacrait roi des pirates, qui — Touang-yé-ou l'avait dit — mettait entre ses mains une puissance presque royale et des trésors incalculables, le faisait songer. En fermant les yeux, il revoyait la misérable hutte au toit effondré; dans un coin, Touang agonisant sur des nappes en lambeaux; effaré, agenouillé auprès du brasier dont les flammes changeantes et intermittentes éclairaient parfois jusqu'au pourpre le plus vif les visages des acteurs de cette scène sinistre, il entendait bourdonner à ses oreilles ces paroles magiques :

« Tiens, prends cet anneau, et grâce à lui ma puissance,
» ma fortune entière t'appartiendront, tu commanderas aux
» pirates comme je les commandais moi-même... »

Non, ce n'était pas un rêve : la bague, le précieux talisman, était en son pouvoir : il pouvait agir.

Mais il fallait attendre...

— Attendre! murmurait-il les dents serrées, les narines frémissantes, toujours attendre! Et pendant ce temps qui sait ce qui adviendra *d'elle?* qui sait à quelles tortures, à quelles angoisses les misérables la soumettront peut-être, maintenant que Touang n'est plus là pour la défendre? Attendre!... Ah! que c'est cruel!...

Et malgré lui il jetait un long regard sur la flotte de la rivière de Saïgon et de l'*Arroyo* chinois, dont la réunion forme le port de la ville. Peut-être reconnaîtrait-il, parmi les mille jonques, les mille *Sampangs* mouillés au milieu du courant, ou amarrés à quai, le *Sé-ké-man*, cette vieille barque du pirate.

Mais toujours ses recherches étaient vaines; il lui fallait toujours, le front soucieux, reprendre le chemin de la citadelle sans avoir rien appris.

— Demain, je serai peut-être plus heureux, murmurait-il avec un triste sourire.

Et le lendemain ramenait fatalement les mêmes angoisses, les mêmes déceptions.

Cela dura longtemps.

Enfin la nouvelle du départ des troupes fut officiellement donnée, et Paul Lavergne respira. Pour lui plus que pour les autres cette heure était celle de la délivrance : il pouvait se vouer tout entier à son œuvre, rechercher Mà, l'arracher aux griffes de ses persécuteurs.

Parmi les amis de Paul, le plus affecté de cette sombre

et éternelle misanthropie était sans contredit le brave sergent Blanchet.

Paul n'avait parlé à personne de ses aventures terribles : à toutes les questions, il avait répondu qu'il s'était enfui dans un moment de folie, et que le repentir seul l'avait ramené à la caserne.

Mais Blanchet ne se payait pas de pareilles explications. Il pressentait une partie de la vérité, et voulait la connaître tout entière. Aussi, un jour que les deux amis se promenaient lentement et tristement sur la route qui mène au village de Phu-Hoa, il se tourna brusquement vers Paul.

— Ah! ça, dit-il, tu seras donc éternellement plongé dans ton spleen diabolique? Vraiment je te plains, car tu le mérites! Tu te sauves après avoir frappé un supérieur, mieux que cela, un vieil ami; tu t'exposais tout simplement au conseil de guerre, à la mort même; au lieu de cela on t'accueille à bras ouverts, on passe l'éponge sur le passé; ton ancien ami est lui-même le premier à te tendre la main, et tu te poses en homme incompris, tu ne sais que montrer une mine d'enterrement, un esprit plus funèbre encore... Vrai.... ce n'est pas riche....

Le brave garçon fut obligé de s'arrêter pour respirer, tant ce speech indigné, qu'il débitait avec une volubilité extrême, l'avait épuisé.

Paul sourit tristement.

— Ami, dit-il en pressant la main du brave sous-officier, pardonne-moi. Oui, la Providence m'a traité plus favorablement que je ne le meritais, elle m'a fait rencontrer un ami dévoué et sincère; je ne méritais pas tant de bonté!...

— Mais alors, cette tristesse?

— Je te comprends; je ne suis pas ingrat, va! Mais rire, chanter, affecter une gaieté que je ne ressens pas, voilà qui dépasse mes forces... Je ne puis pas...

— Bah! on essaye toujours! Et puis quels peuvent être tes chagrins quand nous allons dire adieu à cette terre des fièvres, du choléra, des tigres et des serpents avec ou sans sonnettes! quand nous allons bientôt revoir notre belle France?...

— Je ne partirai pas... dit Paul résolûment.

— Hein!... Tu es fou!...

— J'ai fait les démarches nécessaires, et j'ai obtenu d'attendre ma libération à Saïgon.

— Mais dans quel but, grand Dieu!

— Mon père est mort, mort par ma faute peut-être! Qu'irai-je faire en France où l'on m'a oublié, où je ne connais plus personne?

— Et tu préfères à la patrie Saïgon et la jolie Annamite, MÂ, je crois, que tu courtisais autrefois...

— Blanchet....

— A quoi bon t'en défendre? Ce n'est un secret pour personne...

— Blanchet! s'écria Paul qui, par un mouvement machinal porta la main à son côté; Blanchet, nous sommes bons amis; mais si j'apprenais que tu as jamais parlé en mal de cette enfant que j'adore, que je révère comme une sainte...

— Eh bien?

— Tu es mon supérieur, je ne pourrais qu'une chose : rompre avec toi. Mais aussi vrai que je m'appelle Paul Lavergne, cela serait.... Oh! tu ne sais pas, tu ne peux savoir tout ce que j'ai souffert! tu ne peux même pas soupçonner cette histoire étrange! si tu savais!...

— Pourquoi te taire alors? Pourquoi ne pas me confier ton secret, quel qu'il soit!...

— Tu as raison, ami : j'ai manqué de confiance....

Ils étaient arrivés à Phu-Hoa, petit village situé presqu'aux portes de Saïgon, derrière le cimetière Européen.

Un gai soleil jetait mille reflets et mille scintillements

sur les murs blanchis au lait de chaux et les tuiles vernissées des maisonnettes, tandis qu'une brise folle agitait les cimes des palmiers et des aréquiers, et faisait frissonner les longs bambous et les plantes grimpantes qui enroulaient leurs vrilles et leurs festons autour des portes et des fenêtres.

Plus loin on apercevait l'Eglise, les grands bâtiments et l'imprimerie de la Mission.

Des pêcheurs et des bateliers, plus que sommairement vêtus, des enfants n'ayant pour toute parure qu'un grand chapeau de jonc tissé, et chassant devant eux de petits buffles à l'œil fauve, aux cornes bizarrement tordues, s'acheminaient vers l'*Arroyo* de l'Avalanche où, au-dessus des bambous à la sombre verdure, tourbillonnaient des vols immenses de pélicans et de canards sauvages. Des hommes pieds nus, le chignon retroussé, poussaient devant eux de petites voitures à bras, et criaient leurs tomates, leurs concombres, leurs légumes verts; ailleurs des *Congaï*, un enfant à cheval sur chaque hanche, et portant en outre au bout d'un long bâton des charges à faire reculer un porte-faix européen, se hâtaient de regagner leurs demeures.

Tout ce petit monde trottinait pieds nus, s'arrêtait à chaque minute pour lancer sur le sol un rouge jet de salive, ou remplacer par une autre la chique de bétel épuisée.

Les deux hommes s'étaient arrêtés devant une petite case bien connue des soldats d'infanterie de marine. Un vieil annamite et ses deux filles, beautés au teint de safran, aux dents aussi noires que l'ébène, y débitaient à bon marché du thé, de l'absinthe, du vin et d'excellente eau-de-vie de France.

— Entrons chez le vieux pirate, proposa Blanchet sans s'apercevoir de la rougeur que ce mot *pirate* amenait sur le front de son ami; nous serons mieux pour causer assis devant une table et une absinthe qu'en plein soleil.

L'absinthe dans les pays chauds ne produit pas sur l'organisme humain d'aussi terribles ravages que dans nos climats tempérés. C'est la boisson la plus rafraîchissante sous ces basses latitudes; aussi en use-t-on, ou plutôt en abuse-t-on journellement.

— Entrons! répondit Paul.

Quelques minutes après les deux hommes, assis près d'une petite table dans un coin sombre de la case, préparaient gravement la verte et pernicieuse liqueur.

— Paul, dit alors Blanchet, je n'ai pas le droit de t'arracher ton secret, si tu juges à propos de me le taire. Réfléchis bien, il en est temps encore....

— Non, répondit Paul brusquement, tu sauras tout.

Et d'une voix grave il commença le récit de ses infortunes depuis le moment où, se confiant en la loyauté de Touang-yé-ou, il s'était embarqué pour le Tonquin, jusqu'à l'heure terrible où, agonisant sous l'étreinte du redoutable fléau, le *Dragon Rouge* lui avait révélé le secret de la naissance de Mâ, et lui avait remis cet anneau mystérieux qui devait le faire reconnaître comme chef suprême par les pirates du Tonquin.

— Voilà pourquoi je ne pars pas, dit-il en terminant. En me livrant le secret de Touang-yé-ou, la Providence m'a tracé ma conduite. Je dois tout tenter pour arracher Mâ des mains des pirates, lui rendre une patrie, une famille, ou remplacer près d'elle ses parents morts, si elle n'a plus ici-bas d'autres protecteurs que Dieu et moi.

La mort de mon père me fait relativement riche. J'armerai, j'équiperai une jonque, j'irai débarquer aux bords du fleuve Rouge, et le revolver au poing je fouillerai, je sonderai la campagne jusqu'à ce que j'aie rencontré le repaire mystérieux des forbans...

Maintenant, ami, dis-le sincèrement, puis-je partir?

puis-je abandonner l'œuvre commencée, laisser dans les larmes et le désespoir cette enfant qui m'attend, j'en suis sûr, qui n'a plus d'espoir qu'en moi?... Dis, le puis-je?...

— Non! s'écria Blanchet résolûment. Tu serais un lâche si tu hésitais... Et la preuve, continua-t-il, la preuve que je t'approuve, que je pense comme toi, c'est que nous serons deux à poursuivre cette tâche....

— Que veux-tu dire?... fit Paul qui avait peur de comprendre le généreux dessein de son ami.

— Que je t'accompagnerai, ventrebleu!... Moi aussi, je vais demander l'autorisation de rester à Saïgon, et, quand l'heure sera venue, nous déploierons notre drapeau, nous nous mettrons en chasse au cri de *Guerre aux pirates!* et nous triompherons, sois en sûr...

— Mais pourtant?

— Plus un mot, c'est convenu.

— C'est une tâche de géants.

— Tant mieux, je commençais à me rouiller ici... Ainsi, c'est dit, nous combattons pour la même cause, et nous triomphons ensemble...

Pour toute réponse Paul, ému plus qu'il ne le voulait laisser voir, saisit dans la sienne la main du digne sergent et la serra à la broyer.

— Tu es un noble cœur, Blanchet, dit-il, sois béni! Dieu qui voit ton dévouement ne le laissera pas stérile. A mon tour, je le dis avec conviction : nous déjouerons les ruses des pirates, nous sauverons Mâ, et...

— Tu l'épouseras! fit Blanchet en riant. Les preux qui jadis arpentaient les forêts enchantées et combattaient les monstres et les géants pour délivrer la beauté persécutée, n'agissaient pas autrement. C'est dans l'ordre, d'ailleurs, et tout roman qui ne finit pas par un mariage est un roman manqué.

— Qui sait! murmura Paul doucement. Ami! l'avenir réserve parfois bien des déceptions. Contentons-nous donc de jouir du présent sans l'assombrir par de vaines suppositions

***

Enfin sonna l'heure du départ pour la France.

Paul et Blanchet avaient obtenu de rester en Cochinchine.

Six mois après ils étaient libérés.

— Libres! libres! dit Blanchet en apportant à Paul cette heureuse nouvelle. Nous sommes libres!...

Paul bondit à ces paroles.

— En chasse! dit-il d'une voix qui vibrait étrangement, en chasse!... Dès aujourd'hui nous allons commencer contre les pirates une redoutable partie, une partie dont nos vies seront peut-être les enjeux... Mais pour réussir nous avons cet anneau mystérieux, nous avons de l'or, de la jeunesse.

— Et l'aide de Dieu... interrompit Blanchet.

— Tu l'as dit! Dieu sera pour nous! Ah! que la lutte commence! quelle soit ardente, implacable, acharnée! Que le droit triomphe de la force, le courage de la ruse! Je suis prêt!... Dieu qui lit au fond de mon cœur, qui connaît la pureté de mes intentions, me donnera la victoire. A l'œuvre donc: Mâ attend, il faut agir! Si forts que soient les pirates ils auront à faire à partie redoutable : dès aujourd'hui je ne m'appelle plus Paul Lavergne, je suis LE DRAGON ROUGE!...

FIN.

TABLE

FIN DE LA TABLE.

Limoges — Impr. Eugène Ardant et Cie.

www.ingramcontent.com/pod-product-compliance
Ingram Content Group UK Ltd.
Pitfield, Milton Keynes, MK11 3LW, UK
UKHW031858260826
14628UKWH00002B/844

9 782019 174811